霧の音

眞海恭子

霧の音

本文中に、今日の観点からすると差別的表現とされる箇所がありますが、これらは扱っている時代・地域・登場人物の視点であり、著者および発行者が意図するものではありません。

目次

祇園精舎の鐘

両耳をピチャピチャと洗っていた水の音が消えていく。

「もうすぐ会えるから、待っていてね」

空を仰いで、星に話しかけているあいだ浮いていた子供の体は、徐々に水に沈み始めた。

突然、子供は叫んだ。

「プアーッ、何をするのよ、放して、ちょ、ちょっとやめてよ、痛いじゃあないの、放して、放せ、たすけてえ」

水を呑んだり吐きだしたりしながら、子供は手足をバタバタさせて暴れた。

「死ぬのに『助けてえ』はないだろう」

「余計なお世話よ、ほっといて、放してったら、あっちいけーひとごろしー」

相手は頑丈な大人だった。無理やり、土手に引き上げられた子供は、怒りと悔しさに、声を上げて泣き出した。

「おせっかいのとうへんぼく、殺してやる」

泣きながら、子供はそのとうへんぼくに飛びかかった。

「待て、待てよ、落ち着け、自殺のつぎは他殺かい、物騒な子だ。頼むから落ち着くんだ」

とうへんぼくに片腕で押し返された子供は、脆《もろ》く地面に転がり、そのはずみに、呑んでいた水を多量に吐いた。

「よしよし、それでいい。少しは楽になっただろう、ちっと休むがいい」

子供は寝転がったまま、恨めしそうに、いつまでも泣き続けていた。

しばらくして泣き声が小さくなり、やがて聞こえなくなったのを待って、とうへんぼくは声をかけた。

「お前、年はいくつだ?」

「…………」

ふと見ると、子供は身体を縮めて眠りこんでいた。骨と皮ばかりに痩せた、小さな生き物だった。

疲れきった小さな顔をじっと見ていた男は、そっと立ち上がって土手を上って行った。


「おい、起きろ、着物を替えるのだ。そのままだと風邪を引く」

ぼんやりと目を開けた子は、男を見ると、寝たままくるりと背を向けた。

「風邪を引くと云っているだろう」

「……死んだら、風邪も何もない」

「まだ死んでないだろ」

「じきにやり直すさ」

「じゃあ、次の自殺まで、頼むから着物を着替えてくれないか、病気になって熱でも出せば、やりたいような自殺もできなくなるぞ」

「だから、ほっておいてくれれば手間がはぶけたんだ、それがわからないの？　間抜けのとうへんぼく」

「ふむ……まあ、そういわれてみれば、なるほどと思わぬでもないが……」

子供は苦しそうに腕をついて上体を起こし、男の顔をまじまじと見た。

「おじさん、かなり頭が弱いんだね、やっぱりとうへんぼくか……」

そう云うなり、子供は再び背を向けて寝っころがると、衰弱しきったように目を閉じた。

「乾いた着物のほかに、握り飯もある」

子供が飛び起きた。

男の手の中から、たちまち三個の握り飯が消えた。

あまり急いで食べたせいか、子供は気分が悪くなり、再び吐き始めた。

その背中をさすりながら、男は低く呟いた。

「……どうやらお前の云うことに間違いはないようだ。確かに俺は、そうとう間の抜けた、とうへんぼくらしい……」

子供はゆっくりと頭を回し、あきれたように男の顔を見た。

「おじさん、着物が濡れているよ、風邪引くよ」

「かまわん」

「じゃあ、あたいもかまわん」

「……ふむ、じゃあ着替えに行ってくるから、お前はここで着替えて待っているんだ。わかったな」

子供の着物を置いて立ち上がった男は二、三歩歩き出してから、振り返った。

「とうへんぼくは仕方がないとしても、その『おじさん』ってのはやめてくれないか、俺、やっと十八になったばかりだぜ」

「でもそれは『おじさん』の顔だ」

「そう思うか……」

「うん」

疑う余地のない返事だった。

「ふむ……」

「あたいの名前は夏、おじさんは？」

「玄三郎」

玄三郎は、虚を突かれていた。子供に初めて「おじさん」と呼ばれたのだ。そしてそう呼ばれたとき、なぜか突然胸がキリッと疼《うず》き、笑いとばそうとした顔がゆがみそうになったのも意外だった。

「じゃあ、着替えるんだぞ、いいな」

玄三郎が戻ってくると、お夏は着替えを済ませ、座って空を見上げていた。

「星と話しているのかい」

「…………」

「今度は邪魔が入ってしくじったけど、もうすぐ行くと云っていたのかい」

「いいや」

お夏はかぶりをふっただけで、説明は加えなかった。

「お前、年はいくつだ」

「十歳」

「なぜ死のうとしたんだ」

「さあ……」

「云いたくないのなら云わなくていいさ」

「……そうじゃあないよ……くだらないことだから」

お夏は川の流れを見ていた。

「あたいがお使いを云い付かってもらった銭を、いつもどこかで待ち伏せしている家のばか息子とその子分に取られる。手ぶらで家に帰れば、叱られてぶたれて、食事を抜かれたままで、馬車馬のように働かされる……なんて、もう我慢できなくなかったの」

「誰の家に住んでいるの」

「もう誰の家にも住んでいない。逃げて来たんだもの。一日中走り続けてね」

「両親は死んじゃったのかい」

「……そう」

お夏は空を見上げた。

「三日月……」

二人は、きれいな曲線を描く月に、しばらく見とれていた。

「おじさん、あたいのことはもう心配しないでいいよ。死ぬのは止めにした。だから安心して家に帰って」

「これからどうするつもりだ」

「それはあとで考える、でも心配することはないよ、だから行ってよ」

「ふむ……」

「あたい、疲れたからもう寝るよ、じゃあね、さよなら」

子供はさっさと横になり、小さな寝息をたて始めた。

「……おじさん」

「ん？」

「着物とおにぎり、ありがとう」

夜明けの明星がまだ消えやらぬころ、子供は目を覚ました。

しばらくの間、自分を覆っていた一枚の掛け布と、近くで眠りこんでいる玄三郎を見比べていたが、やがて起き上がると、若者の傍まで来て、布をそっと掛けた。

そして、きちんと座り直すと両手をつき、彼に向かって頭を深く下げたあと、忍び足で土手を上り、街道方面に姿を消して行った。


片目を開けてそれを見ていた玄三郎は、お夏がいなくなると、やにわに立ち上がった。

——おかしな子がいるものだ。あの年で、いやに穿《うが》ったことをしたり云ったりする。いや、子供は皆、ああしたものなのかな。自分自身、つい最近まで子供だったと思うのに、そんなことは皆忘れてしまって、見当がつかない。

あわてて子供のあとを追ってみたが、街道にも土手にも人っ子一人見えなかった。

——俺に迷惑をかけまいとして姿を消したのだな、しかし、これから独りでどうする気なのだろう。ふむ、やっぱり変な子だ。

それからしばらくは、東西南北駆けずり回って、お夏を捜してみたが、無駄だった。

玄三郎は消えていく星を見上げながら、呟いた。

「捨てられたぞ……ふむ……おじさん——か。とうへんぼくのおじさん……いや、間違いはない。

一介の若者ぶっていたようだったが、所詮俺は、いつの間にか、この世に不用な人間となっていた。その不用を感じている人間の顔に、若さがはずんでいるはずがない。自殺する理由を持っていたのは、この俺だったのかもしれないのに、何たることか、そこまで気が回らなかったとは……不覚、不覚」

この若者の父、藤田仁左衛門は、徳川家茂に仕える千四百石の御家人であった。

玄三郎が、二人の兄に続いて武士として養育され、剣の修行を始めたのは、五歳の年だった。兄たちより賢く、剣の「すじ」が良いとおだてられ、夢中になって学問所と道場に通い続けたのだったが、十六歳になったころから飽きが来た。そして、何をしても面白くなくなってきたのだった。

彼はどうしたわけか、武士としての誇りや野心を、持ちそこねた人間だった。

だから、努力して昇格したいとも、高い俸禄に預かりたいなどとも、夢にも思うことがなかった。

ただ、つまらないから、周りの連中のやることをあれこれ批判しているうちに、「反逆児」という捺印を押されてしまった。そうなると、反逆児になることが、自分の道であるような気がしてきたものだから、その道を威張って歩いていたが、しばらくすると、それにも飽きてきた。

そのころから、父は、この三男坊への関心と期待をすっかり捨ててしまったようだった。立派に武士となった二人の兄も、やがて、弟の顔を見るたびに、「お前はしょうがない男だな」と云うようになった。

そう云われると玄三郎は、なるほどと思い、ますますしょうがない人間になってきた。

ある蒸し暑い夏の日、しょうがない人間に徹すべく、夜になるまであちこちをブラブラと歩いていたときだった。初めて玄三郎の胸中に疑問が生まれてきた。

「俺はどうしてこうなのだろう。なぜ、みんなのように生きていけないのだろう。健康で病気一つしたこともない。母は早死したが、やさしい叔母がいて、家庭もちゃんとある。牢人のあぶれているこの時勢に、父も兄も武士としてそれぞれ確実な地位に就いているし、俺自身、剣も学び、学問もかなりやった。望みさえすれば、父や兄のようになれるのだ。何が不服だというのだろう……いっそ父や兄のように？　いやそれは御免こうむる……しかし、なぜ御免こうむるのかな……俺は、怠け者に生まれついてきたわけではないような気がする、それは自分で知っている……では、なぜ……」

いつの間にか、川べりに来て座り込み、考えにふけっていた玄三郎は、ふと目前に、何か水に浮いていたものが、沈みかけているのを見た。

この辺りには、ときどき、川上から流されてきた土左衛門が上がることがある。

いやなものに出会ったものだと、眉をしかめながら見ていたが、次の瞬間、玄三郎は着物も脱がずに、水に飛び込んでいた。

こうして玄三郎はお夏の自殺の妨害をしたために、とうへんぼくのおじさんになり下がり、確実に、しょうがない人間の面目を果たすことになってしまったのだった。

「どこに行ったのだろう。それにしてもすばしっこい奴だ。しかし、あの子は確かに、もう死なないと云った。あれは嘘ではない……と思う。どこかでいい人たちに出会ってくれればいいのだが……」

玄三郎は、再び川辺に戻ってくると、何となくわびしくなり、仕方なく、中断された自問を続けることにした。しかし、日が昇るにつれて、周りで人の動きや荷車の音が活発になり、集中力が妨げられた。

考えるのをやめて、ぼんやりと川の流れに目を落としていた玄三郎の耳に、どこからか琵琶の音が届いてきた。それを聞くともなく聞いていた彼は、突然飛び上がった。

「琵琶だ、琵琶法師……そうだ、平家物語……軍記物だ、戦史だ、爺様だ。原因は爺様だった、爺様のせいだ」

玄三郎は、長い夢から目覚めたように、河原に姿勢を正して座り直した。頭の中を幼いころの思い出がぐるぐると回転し始めた。

しょうがない人間になった原因が、やっとわかりかけてきたのである。

今はもう故人となった彼の祖父は、末っ子の玄三郎を、赤子のときから、ことのほか可愛がってくれた。玄三郎も、鳥もちで貼りつけられたおまけのように、始終、祖父にぴったりとくっつき回っていたし、食事中は勿論、眠り込む間際まで、「爺様、お話、お話、もっと、もっと」と話をせがみ、爺様が逃げないように、その袖をしっかりと掴んで離さなかった。

祖父は語りの名人だったのである。平家物語を始め、ありとあらゆる軍記物を、憂いのこもった美声で、滔々《とうとう》と際限もなく語り、聞く者の心を、感動で破裂させる術《すべ》を心得ていたのだ。

玄三郎は、まだ片言でしかしゃべれなかった幼時から、祖父の語りを、目をかっと開き、息をつくのも忘れて、じっと聞いていた。

学問所や剣の道場に通うようになっても、家へ帰れば祖父の部屋に入りびたりで、語りを聞かぬときは、部屋にある夥《おびただ》しい数の書物を読みあさることにうつつを抜かしていた。

そこで出会った数々の軍記物は、子供の頭と心に深く浸透して、その性格に多大な影響を与えていたのは云うまでもなかった。

彼が十五歳の年に、祖父が逝ってしまうと、悲しみのあまり、離れの祖父の部屋に閉じこもったまま、何ヶ月も出て来ようとしなかったくらいであった。

考えてみれば、何をやってみてもつまらないという、彼の病気が始まったのはそのころからのようである。

今、その病気の原因がわかったといっても、それは、大好きな祖父を失ったからだとか、もう話をしてくれる人がいなくなったからというだけではなく、そこにもう一つの重大な要因があったことに気づいたのだった。

祖父の語りを繰り返して聴いているうちに、玄三郎の、戦記物に染めぬかれたはずの魂が、意外な方向へ傾きだしていたのである。

彼は、聞いたり読んだりした戦記物語に、この上なく深く心を動かされていたにもかかわらず、決して戦《いくさ》にあこがれることがなかったし、将軍や戦国大名に忠義を叫び、戦場の野辺にいさぎよく命を捨てていく戦士を礼賛しなかった。

玄三郎は、いつのまにか、それらの歴史上の出来事——つまり合戦の数々を、まとめて篩《ふるい》にかけてしまい、そこに残った一ひらの残酷な真実をまともに見てしまったのである。

——祇園精舎の鐘の声……諸行無常の響きあり……沙羅双樹の花の色、盛者必衰の理をあらはす——。

つまり、あれほど感動した戦国時代の史実のなかに、彼が汲み取ったのは、果てしない「無常」と「虚しさ」だったのである。いや、感動すればするほど、その哀しさに対する虚しさが浮き上がってきて、どうしようもなく胸が痛むのだった。

盛者の手から手へと移り変わってやむことのない、不定極まりない権力に忠誠を誓い、敵を殺し、勇ましく命を捨ててゆくことを、男の至上なる意義として、風に散っていった無数の武士たちの姿は、彼の目には美徳として映るより、不可解なものとしてしか映らなくなっていた。

玄三郎が、どうしても武士になれない理由はそこにあったのだった。

たとえ、たまたま現在の徳川の世が、もう二百年以上、盛者の安泰ぶりを見せて、必衰の理を押しのけているとはいえ、いつか衰退が見られることは避けられないはずであった。いや、すでに、その端的な兆候が至るところに現れているではないか。

財政に窮する幕府の弱みを握った悪徳豪商人が横行して、幕府を手玉に取るようになっていることや、想像を超える数の、貧困に喘ぐ庶民が巷《ちまた》にあふれているのを見ているだけで、この幕藩政体の崩壊がそう遠くないことは、容易に推し量れる。

しかも、おおやけには泰平の世であるがゆえに、不用と見なされた多くの諸侯が、改易になったり潰されたりしているのは今に始まったことではない。そこで、主人を失い、牢人となった武士が、平民にさえはじき出され、暗澹《あんたん》として至るところに彷徨《さまよ》っているではないか。つまり、侍は、無駄な存在となっていたのだ。

どこかに合戦が勃発する日を待って、生涯、怠惰に生きるのが武士だとしたら、こんなにつまらない存在はないだろう。

「爺様が俺に教えようとしたのは果たしてこれだったのか……？」

今となっては、それを知ることは難しかった。

考え合わせてみれば、祖父は、どちらかというと、戦国時代の合戦に泡と消えていった「つわもの」たちの忠義と勇気をたたえ、悲劇の道を辿った盛者たちに深く心を寄せていた可能性が強かったように思えるのだった。

そうでなければ、あのように、熱気と哀愁のこもった朗誦ができるわけがない。

「だとしたら、爺様、この孫を恨んでくださるな……私が弱者《じゃくしゃ》で卑怯者だとも、思うてくださるな。決して命が惜しいのではないのですから。例えばそれが父や叔母、兄、そして好きな人のためでしたら、死ぬのを躊躇《ためら》うような私ではないことを誓いますから」

そう言い訳しながら、玄三郎は、居心地の悪い思いを消そうとした。


「よし、これで侍になりたくないことが、その理由とともに判明した。こうなったら、俺はこのままでいることはできない。つまるところ、しょうがない人間のままでいる必要はないということになる。要するに、武士以外の何かをやればいいのだ」

そうなると、世の中に転がっているあらゆる職は、何でもみんな簡単にやれそうな気がしてきた。

「団子屋、蕎麦《そば》屋、飯屋、船頭、漁師、百姓、樵《きこり》、鍛冶《かじ》屋、駕籠屋、大工、指物《さしもの》師、経師《きょうじ》屋、山賊、海賊……その気になれば、何てことはない。びっくりするほど種々の仕事があるものだ。どれもこれも面白そうだ。しかし、どれを選ぶかというと……ふむ……むつかしい」

玄三郎は立ち上がって歩き出した。

「何をやるとしても、まず、この地にいてはまずい。武士の子が団子屋になったりすれば、父や兄たちの面目にもかかわろう」

その日藤田玄三郎は、しばらく修行の旅に出たいと父に申し出て、あっけないほど簡単に、その許可を得たのであった。

「よしよし、それはよい考えだ、お前もやっと一人前になってきたようだな」

そう云って父は僅かな餞別をくれると、邪魔だといわんばかりに、末息子をさっさと部屋から追い払った。

さっきまで父のために命を捧げる覚悟だった玄三郎は、誓約書なんぞを書かなくてよかったと思いながら、旅の仕度にかかった。

兄たちは、末弟のとっぴな思いつきに少し驚いたようだったが、「すぐに帰ってくるさ」と思ったのか、「じゃあな、元気で行ってこい」と、肩を叩いてくれただけで、見送りにも出てこなかった。

ただ一人、母親代わりになって子供たちを育ててくれた叔母だけが、涙を流して見送ってくれたばかりか、当分の着替えですよと云って手渡してくれた包みの中に、小判を数枚すべらせてくれていた。

——叔母さんはわかってくれた。ありがとう。行ってきます。どうぞおたっしゃで……。

その優しさに胸を打たれ、勇気づけられて、玄三郎は家を出た。

足の向くままに歩き、数々の町や村、森や畑を通り過ぎた。日が暮れると小さな宿をとり、思う存分眠ると、翌朝早めに起きて、道を続けるといったことを三日繰り返した。

街に入るたびに歩調をゆるめて、自分にできそうな職種を物色して回った。

「ふーん、呉服屋だ。それから、下駄屋、そしてこれが質屋。あそこにあるのが瀬戸物屋で、隣が雑貨屋。近くで俺の懐《ふところ》を狙っているのが、巾着《きんちゃく》きり」

そこまで呟いたとき、その小男が近づいてきて、すれ違いざまに玄三郎に軽く触れ、「御免」と云って、そのままスルリと横を駆け抜けようとした。

玄三郎は、とっさに片足を出して男を転倒させた。あわてて起き上がろうとする男の襟首を掴んだ彼は、穏やかに云った。

「さ、返せ。その財布は叔母から貰った大切なものだから、誰にでも上げるというわけにはいかぬのだ」

激しくもがいて逃げようとしていた巾着きりは、玄三郎のばか力に愛想をつかして、抵抗を止めると、懐の中から、いくつかの戦利品を掴み出した。

「違う、ばかにする気か」

玄三郎が拳骨を見せて脅すと、小男は首をすくめて、今度は袖の中から、すったばかりの財布を取り出した。

「待て」

玄三郎がその中味を改めている間に小男は逃げ出したが、瞬く間にまた捕まってしまった。

「お前、やるな。いつの間に一枚引き抜いたのだ？」

「へい、たった今」

「すげえ……たいした腕だぜ。ふむ、見事だ、いや、頭が下がる」

ねじり上げた腕をはなさず、真面目な顔をして感服している玄三郎を、巾着きりはあきれて見ていた。

「まあ……それは、その……年季というもので……」

「そういうものか……おい、まず、その一枚を返せ、返したら、その腕に免じて酒を好きなだけ飲ませてやろう」

「へ、本当ですかい、ありがたい、ちょうど死ぬほど喉が渇いておりまして」

男は、放された腕を痛そうにさすりながら、大きな構えの料理屋めざしてひょこひょこと歩きだした。

「そっちじゃあない。俺は蕎麦を食う、ここで付き合え」

小さな蕎麦屋に入った二人は、それから長い間、出てこなかった。

玄三郎はそこで、次々と酒を注文しながら、巾着きりの手管を学ぶべく、小男からの授業を受けていたのだった。

酔いつぶれて、机の上に顔を伏せて眠り込んだ小男の手の中に、いくらかの授業料を押し込むと、玄三郎は勘定を済ませて外に出た。

「ふむ、難しい……あいつの手際の良さはどうだ。まるで神業ではないか。とても真似ができるものではない。天分なのか、それともやっぱり年季というものなんだろうか」

懐から財布を出したり入れたりして、指の柔軟運動をさせていると、向かいからやってきた中年女が、突然金切り声を出して叫びながら走り出した。

「きゃー、すり、すりー、巾着きりー」

「まだだよ、おばさん、まだそこまでいっておらんのだ」

玄三郎はそう云い捨てると、練習をやめて足を速めた。

つぎの街に着いたころには、もう日が暮れていた。

すぐには宿をとらず、街なかを流れる川のふちに下りていきながら空を見上げると、糸のように細い月が掛かっていた。

土手の草の上に寝そべってその月を見ていると、ふと、自殺しかけた子供のことが思い出されてきた。

——あの子は今ごろ、どこでどうしているんだろう。

「おなつ……」ふと、その名を呼んでみた。

「はい」

玄三郎はびっくりして飛び起きた。

確かにお夏だった。あの痩せこけた小さな少女が、笑いながら、そばに、ちょこなんと座っていたのだった。

「お前……お夏……やっぱり生きていたのか」

「お化けじゃないよ」

「ちゃんと食ってきたか」

お夏は答えず、真面目な顔になって訊いた。

「玄は、あたいを追ってきたの？」

玄三郎は目を白黒させた。「おじさん」がいつの間にか「玄」になっている。

「いや、そういうわけではなかったが……お前とは縁があるようだな」

「前より元気そうね、急に若くなった」

「そうか、本当にそう思うか」

「うん」

お夏は無邪気に首を縦に振った。

玄三郎は、お夏の「うん」には弱かった。

「飯を食いにいくか」

「………」

「銭ならある。ついてこい」

大股に歩く玄三郎のあとを小走りに付いて行きながら、お夏は自分の歩調に合わせて、せかせかと尋問し始めた。

「玄、旅に出るの？　どこに行くの？　玄は侍でしょう？　用事でどこかに行くの？　どんな用事？　遠くに行くの？」

玄三郎の答えも待たず、お構いなしに、矢継ぎ早の質問を浴びせかけるのだった。

「ちょっと黙らないか」

「家から追い出されたの？　女につきまとわれて逃げているの？　何か悪いことでもしたの？　人を殺したの？」

「これ、子供、質問するときは、答えを待ってから、次の質問をするものだ」

「だって、玄は答えないんだもの」

「お前は答える暇を与えておらん」

そう云って玄三郎は飯屋の暖簾をくぐった。

おとなしくなったお夏と食事を済ませて外に出ると、玄三郎は宿を探した。

適当な宿を見つけて、入ろうとしたとき、彼は、お夏がそばにいないのに気づいた。

——よく消える子だ。

しかたなく河原に戻ると、お夏は、そこに座って空を見ていた。

「ここで寝るのか」

「そう、月がきれいだから」

玄三郎が近づくと、お夏は念を押すように云った。

「玄、あたいにくっついていなくていいんだよ。面倒も見なくていい。自分でなんとかやれるから。玄は侍として、やらなきゃならないことがあるんでしょう」

「………」

お夏はすでに横になって目を閉じている。

玄三郎は宿に戻る気をなくして、土手に腰を下ろした。

川上から吹き降ろしてくる真夏の微風が頬を撫でた。


夜明け前から風がなまぬるくなり、傾いた月が隠れた。

ぽつりぽつりと落ちてきた雨のしずくに気づいて、玄三郎が目を覚ますと、どこからかお夏の声が聞こえた。

「こっちよ、こっち」

お夏は土手の上にいた。数本並んで立っている木の下で、せっせと何かを運んでいる。

「何をしているんだ、板切れなんか拾ってきて」

「小屋を造るの。雨に濡れないように」

「そりゃ無理だろう」

「無理かどうかやってみないとわからないでしょう」

お夏は板切れを何とか組み立てて、その上に、手折ってきた木の枝を幾重にも載せた。

瞬く間に木の葉に覆われた極小の小屋ができた。

「ほう、なかなかうまいな」

「入ってごらんなさい」

「頭だけってことか」

「えっ、あら、いやだ、玄の身体は、ばかでかだったのだ。ちょっと計算の間違いをしてしまったわ、あはは」というなり、お夏はまた消えた。

しばらくすると、烈しく降り出した雨の中を走り抜けて、お夏が戻ってきた。どこからかすめてきたのか、両腕いっぱいに板切れを抱えている。

「ほら、建て増し用の木よ」

お夏は、持ってきた板切れを加えて小屋を拡大しようとした。ところが、手を加えていくうちに、せっかく出来ていた小屋が、バサリと崩れてしまった。何度やってみても同じだった。

子供が躍起になって造り直しているのを見ていた玄三郎は、自分が何もしないで突っ立っていることに気づかなかった。

しばらくして、お夏が叫んだ。

「手を貸してくれても邪魔じゃないんだけど」

「あ、悪かった、悪かった」玄三郎は走り寄った。

前のよりも少し大きめの小屋を二人で協力して造り終えると、お夏は歓声を上げて中に入り込んだ。

「出来た。河原のお城だ、玄も入って」

「ふむ……」

玄三郎は雨に打たれながら、腕組みをして、その城をじっと見つめていた。

——確かに大工になりたいと思ったときがあった。家の近くに誰かの屋敷が建ったときには、毎日、そこに座り込んで、大工たちの仕事を見ていた。そして、ああした夢を実現できる彼等を、心からうらやましく思ったものだ……。


その日一日中、雨は休みなく降り続いた。

玄三郎は、もうとっくに近くの旅籠屋に宿替えをしていた。我《が》を張って小屋に残っていたお夏も、屋根の木の葉を通して容赦なく降り込んでくる雨に、さすがにいたたまれなくなり、玄三郎のいる宿に逃げ込んできた。

「さあ、上がれ」

玄三郎は、ずぶ濡れのお夏を二階の自分の部屋まで連れて行くと、うんざりした顔をして云った。

「また、着替えを見つけてこいと云うのか」

「古着でいいよ」

人ごとのようにそう云うと、お夏は障子窓を開けて、河原を見下ろして呟いた。

「今度は、漏れない屋根をつくらなきゃ。そのためには、もっとたくさんの板と、鋸や釘、金槌も必要だわ……葉っぱの代わりに萱葺きか、草葺きにしたらどうだろう。きっときれいだろうな」

小屋のあたりは雨に霞んでしまっていた。

「あら、あれは玄ではないのかしら」

着物を買いに行ったと思っていた玄三郎が、宿の傘をさして、小屋の前にじっと立っていた。


雨は翌日も続いたが、午後になって止み、急に焼け付くような日が照り出した。

玄三郎は昼前から、ちょっと用足しに出かけてくると云って出かけて行ったままだったが、空が晴れると、お夏もどこかに行ってしまった。

昼過ぎに、お夏が再び古い板切れを抱えて土手に戻ってくると、玄三郎がそこにいた。

新しい板が何枚も積まれている側で、彼は鋸と釘と金槌を使って、小屋の造り直しに専念していたのである。

「あら、玄は大工だったの？」

「いや……そうではない」

「でも本式みたい。雨漏りのしない御殿を造ってね、あたい、しっかり手伝うから」

お夏は嬉しそうにキャッキャッと笑った。


夜がくる前に、小屋は完成した。

「出来た。出来た」

お夏は躍り上がって手を打ち、小屋の周りを何度もぐるぐる回ったあと、中に入ったまま出てこようとしなかった。

屋根板を覆った草の間には、色とりどりの小さな花のほかに、河原から拾ってきたきれいな石が、いくつも顔をのぞかせていた。

「玄、中にはいらないの？　それとも、これ、あたいのために造ってくれたの」

「……まあな」

「何か気になるの？」

「いや。ただ、俺がこれを造ったのは、自分にこんなことができるかどうかを知りたかったからなんだ」

「ふーん、そう。それで？」

「できないことはなさそうだ。お前もそう思うだろう？」

「うん」

お夏が「うん」と云った。これは祝う価値がある。そう思った玄三郎はお夏を連れて、近くの屋台に行き、うどんを注文した。

食事をろくに終えもしないうちに、お夏は走って小屋に戻ってきた。そして、中に入ろうとして、ふと、立ち止まった。

あとからゆっくりと歩いてきた玄三郎もおや？　と首を傾げた。

小屋の中から、赤子の泣き声がしていたのだった。そして、それをあやす女の声が続いた。

お夏が入り口から首を入れると、「きゃっ」という叫び声が聞こえ、子供を抱いた若い女が飛び出してきて、逃げるように土手を上り始めた。

「申し訳ありません。ほんの少し休みたかったものですから、勝手に入ったりして……」

お夏と玄三郎はポカンとして顔を見合わせた。

赤子は泣き続けている。

「赤ちゃん病気なの？」

お夏が聞いた。

「乳が出ないものですから、お腹を空かして……」

「家がないの？」

女は下を向いて黙り込んだ。

「ここでよかったら、どうぞ使ってください。これは、このお侍さんが、建ててくれたばかりです。すてきでしょう。雨が降っても大丈夫だと思います」

「え？　あの……本当に……？」

「どうぞ」

同時にそう云った二人は、思わず顔を見合わせて、嬉しそうに笑った。

玄三郎とお夏は、宿に戻る前に屋台に戻り、たっぷりうどんを入れてもらった丼を、赤子を連れた母親のところまで運んだ。

女は、頭を深く下げて礼を云うと、涙ぐんだ。

「こんなに親切にしていただいて……私……」

そのとき赤子の泣き声が高くなった。

「はやく赤ちゃんにも食べさせてあげるといい。じゃあまた来ます」

二人は夜空を眺めながら、宿に向かった。

「玄……」

「ん？」

「あんな小さな赤ちゃんでも、うどんを食べるのかな」

「はてな……」

「フフ……」


翌朝玄三郎が目を覚ましたときには、勿論お夏は宿にいなかった。

——ちっともじっとしていない子だ。

河原に出てみると、川下のほうにある橋の近くで、お夏が新しい小屋を造り始めていた。

「よし、もう一働きやるか」

玄三郎はそうつぶやくと、建材を手に入れるため、町へ向かった。

今度は小さな荷車を借りて、板を運んできたが、土手まで来て驚いた。

橋のあたりで、お夏が四人の男を相手に暴れている。

玄三郎が駆けつけたとき、橋の下から更に二人の男が姿を現し、近づいて来た。

「お夏、どうした」

「このろくでなしたちが、あたいの板を取ってしまったの」

「何でえ、何でえ、何か文句あるのかよう」

薄汚い髭と髪に顔面を覆われているため、前と後ろの区別がつきかねるような男が、存在の不確かな目をむいて玄三郎に食ってかかってきた。

破れた衣服から出ている骨と皮ばかりの手足から察して、それは、橋の下に寝起きしている浮浪者たちの一人に違いなかった。

「お夏、いいからその板切れ、あげなさい。そして、おとなしくこっちへ来るんだ」

「あげるだって？」

「いいからおいで」

お夏はぶすっとふくれたまま、玄三郎に背中を押されながら橋を離れていった。

「せっかく……」

「いいじゃないか、何も無い者同士なら、分け合うもんだ」

「わかってはいるけど、子供に乱暴することはないでしょ、頭を何回もぶたれたわ、ああ、痛い」

お夏は頭や腕をさすっていた。

「お前も、かなり派手に暴れていたようだが……」

「……ほんのちょっとだけ……」

「いいか、お夏、こういう目に遭いそうになったら、まず逃げることだ。足は達者なんだろう。子供が大の男たちに歯向かったって勝ち目はないのだからな。そうだ、お前に少し護身術を教えておいてやろうかな」

「ごしんじゅつ？」

昼過ぎに、新しい河原御殿が出来た。母子に譲った小屋より、ずっと川上寄りの土手に姿を見せたその小屋は、無数の草花に飾られた草庵といった風情を見せていた。

「何てすてきなんでしょう」

お夏は手をたたいて、跳ね回って喜んだあと、少し遠のいて、あちこち違った角度から小屋を眺めては、嬉しそうに笑い声を上げていた。

「玄は立派な大工になれるよ」

褒められた言葉が耳に入らないように、土手を見上げて突っ立っている玄三郎を見て、その視線を辿ったお夏は、思わずブルッと身震いをした。
五、六人の与太者らしい男どもが、小屋を目指して下りてくるところだった。
「やい、おめえら、誰の許しを得てここに小屋なんぞ造ったのだ」

青白い、陰険な顔つきの男が、手にした木の枝をピュウピュウ鳴らせてわめいた。

「ここが、こちとらの縄張りだということを知らねえらしいな」

「知らないね」

玄三郎は落ち着いている。

「やい、お前たち、その小屋をぶっ壊せ、ついでに、こいつのでっけえ顔も、ぶった切るんだ」

めいめいに手にした棒を振り上げて命令に従おうとした男等のうちの一人が、玄三郎の当て身を食って倒れた。それを見たならず者どもはいきり立ち、皆、懐から匕首《あいくち》を取り出した。

「やっちまえ」

しばらくすると、集まってきた見物人の前に、六人のならず者が腰を抜かして座り込んでいた。

「いいか、よく聞け、この小屋は、宿無しの人間のために造ったものだ。お前たちが手をつければ、今度は容赦しないぞ」

「ふーっ、玄は強いんだねー。あれがごしんじゅつというものなの？」

ならず者たちが逃げていくのを見ながら、お夏は感服したように云った。

「奴等は必ずまた来る。今日は用心して宿に泊まろう」

「いやよ」

「危ないと云っておる」

「かまわない。ここは私の家だもの」

「殺されるぞ」

「いいよ。何といわれても、あたいはここを動かないよ」

「勝手にするがいいさ」

玄三郎が背を向けて歩き出すのを見ると、お夏はさっさと小屋の中に入り込んで、内側から板戸を閉めてしまった。

玄三郎は、もう一つの小屋に寄ると、母子を連れ出して一緒に宿に向かった。

日暮れ時になって、息せき切ったお夏が、宿に飛び込んできた。

「玄、玄、大変よ」

「ほれ、だから云っただろ、あいつ等は黙って引っ込んでいるような輩《やから》じゃあないのだ」

「違うのよ、昼間の乞食《こじき》野郎たちが、あたいを小屋から追い出しに来たんだよ。あたい、ごしんじゅつをつかって戦っていたら、今度はあのごろつきどもがやってきて、小屋を壊しにかかったの。そしたら、浮浪者が次々に集まってきて、双方とっ組み合いの喧嘩を始めたのよ、相手は刃物を持っているから、けがした人もいるよ、はやく来て」

二人が駆けつけたときは、すでに数人の、息絶え絶えの浮浪者が河原にころがっていた。

玄三郎は、小屋を壊している与太者たちの首根っこをとらえて、頭に強打をいくつか与えると、目を回している彼等を引き摺っていって、次々に川にほうりこんだ。

勢いを得た河原乞食たちは、そのたびに歓声を上げ、逃げ出そうとする与太者を集団で囲み、玄三郎のいるところまで追い詰めた。

その間に、お夏は小屋の傷み具合を点検していたが、ふと、中から聞こえてくる声を聞いて、入り口から顔を突っ込んだ。そして、あわてて首を引っ込めると、溜息をつきながら小屋をはなれた。

「ああ、いつになったら自分の家は……」

中では、ボロをまとった老人が、老婆と手を取り合って震えていたのだった。

「いいさ、俺に銭がある間は、河原御殿を造り続けるさ。造るたびに改良を加えたいいものが出来るとは思わないか。それに、今ではこの河原に住む浮浪者たちが味方だから、与太者たちも大きな顔はできまい」

「わかっているよ、玄が三百個の小屋を造ったら、次にあたいの小屋が出来るかもしれないってことくらい」

「拗《す》ねるな。要は、何とか生きていられればいいってことだろ」

「玄……あたいはね、本当は拗ねたりしていないのよ。誰かの役に立つことが、こんなに素晴らしいことだって知らなかったから、今、とても嬉しいの。もっとたくさん、すてきな小屋を造ろうね」


秋の涼しい風が吹き始めたころ、衣川《きぬがわ》の土手には、大小あわせて二十戸以上の小屋が、姿を見せていた。住人は勿論、宿無しの浮浪者であった。

小屋の奪い合いがあったのは、初めのころだけで、そのうち協定が決まったかのように、誰も私有することなく、必要に応じて、皆が譲り合って使うようになっていた。

寒さや悪天候を少しでもしのげればそれでよかったのである。

小屋をつくる合間に、玄三郎は、町の中にある建築中の家を見て回り、大工の仕事を注意深くながめ、ときどき彼等の手伝いをしながら、数々の普請《ふしん》技術を学んでいた。

夕方になると、橋の下でお夏に護身術を教えるようになっていたが、それをものめずらしそうに

見ていた河原乞食の男たちが、

「若いの、あっしらにも教えてくれねえかな。いつまでも貧乏の弱者でいたくねえ。いやな奴に足蹴にされたら一度や二度はお返しがしてみてえや」

ということで、衣川の無宿者たちは玄三郎の教えを受ける結果となったが、腕力に自信がつくにつれて、術より彼等の鼻息だけが荒くなっていった。

玄三郎は「河原棟梁《とうりょう》」、お夏は「小棟梁」という別名をつけられて、河原乞食から彼等と同等の扱いをされる恩恵にあずかっていたのだが、日が経つにつれて、二人は悲鳴をあげるようになってきた。

いつの間にか、小屋の並ぶそのあたりの河原が、噂を聞いてやってきたあぶれ者の巣となっていき、玄三郎もお夏も息がつけなくなるほど、騒然とした貧民窟と化してしまったのだった。

「こんなつもりじゃあ……」なかったのである。

「お夏の云ったとおりになりそうだな」

つまり、いつまで経っても棟梁や小棟梁には、家がなかったのである。

赤子を連れていた若い母親は、周りの喧騒に耐え兼ねたのか、とっくにどこかに姿を消していた。


「逃げるか」

「逃げよう」

ある日、二人は夜逃げを計画した。

玄三郎の懐が淋しくなってきているにもかかわらず、小屋をもっと造れという要求はあとを絶たなかった。だが何より、自分たちが飢え死にしないために、どこかほかに金づるを見つけることが現在の緊急問題となっていたのだ。

集団を組んだあぶれ者というのは、おとなしくしているうちはいいのだが、気に入らないことがあると、簡単に獰猛になる。

毎日、飢餓と戦いながら、やっとのことで死の影をおしのけている彼等にとっては、これらの小屋が、玄三郎の持ち金をはたいて建てられたものであろうが、彼の懐具合がわびしかろうが、構ったことではなかった。ただ、河原棟梁は自分らのために棟梁の仕事をすべきだ、と思っているのは確かだったから、ここで建設を止めたら、恨みを買って、どんな目に遭うかわからなかったのである。


逃亡する二人が、行き当たりばったり西北に向かって、ひたすら七日の間歩き続けると、谷あいのきれいな町に着いた。

無数の白い小石を洗って流れる「三つ鷺《さぎ》」という川をはさんで開けた街の両岸は、なだらかな傾斜を描いて上っており、遠くの山並みに続いていた。

そこは蔵矢谷《くらや》という名で、往時をしのぶ武家屋敷や広大な寺社の多いところだった。

武家屋敷に関しては、現在では荒廃したものが少なくなかったが、それでも手入れの行き届いた屋敷が残っているのは、それが商人に買い取られたり、借金のかたに取られたりしたものだったからだろう。賑やかな町並みにかなりの旅籠屋が見られるのは、そこが街道から遠くないことを示していた。

玄三郎は残った銭をはたいて宿を取ろうとしたが、お夏は野宿をすると云って譲らなかった。

「寒くなってきたぞ」

「わかってる」

お夏は、さっさと町の中を流れる川の土手に座りこんだ。

「よほど河原が好きなんだね」

「河原は公《おおやけ》の場所よ。与太者か性質《たち》の悪いあぶれものが来ないかぎり、誰からも追い出される心配がないもの」

「その、たちの悪いのが来たら?」

「玄がいる」

お夏は、くだらないことを聞くといったような顔をして答えた。

「そうか」

一息ついているお夏を残して、玄三郎は蔵矢の町の様子を見るための散歩に出かけていった。あちこち歩き回っているうちに、ふと、どこからか流れてくる琵琶の調べを聞き、誘われるようにその音のほうに近づいていった。

古びた寺の門の脇で、迫ってきた黄昏《たそがれ》の霧に半分消されたような、おぼろげな影を見せて、一人の老人が琵琶を奏でていた。玄三郎は門によりかかったままで、長い間それに聴き入っていたが、ふと、音に合わせて流れてくる声を聞いてびっくりした。

それはやがて悲しげな琵琶の音に煽《あお》られ、凛々《りんりん》とした声調となっていき、強弱を伴ってよどむことなく続いた。

——まさか……。

突然、玄三郎は自分が夢を見ているのだと思った。

その声が自分のものであることに気づいたからである。いつの間にか、周りには人だかりがし始めていたが、彼はそれも見えぬほど、語りに夢中になっていた。

自分が口にしている言葉が、子供のころから祖父にいく度となく聞かされていた「曽我物語」の夜討ちのくだりであったことに気づいたのは、語り終わってからだった。

拍手を聞いて、周りを見回すと、感動を隠せないでいる三十人ほどの老若男女が、涙を抑えていた。すでに琵琶老人は、その人たちの間を歩いて、銭を集めていた。

「今度はいつ、聞かせてもらえますか」

見物人のいく人かに問われた玄三郎が、「はあ……」と云ったまま突っ立っていると、琵琶師がそばから「はい、明日のこの時間に、ここで」と引き取った。

老人は銭集めを済ませると玄三郎に近づいて来た。

「お見事。良いお声と節を持っておいでです。よほどの修行を積まれたようですな。私は宗念と申します」

「私は藤田玄三郎。つい琵琶の音の美しさに誘われて詠ったのですが、実はこれが初めてで……」

老人はその言葉を、「こんな路頭で語るのが」初めて、と理解したらしく、微笑を浮かべて頷いた。

「お手前は坊さんでいらっしゃるのかな」

「いえ、ただの琵琶弾きです。あなた様は御牢人とも見受けられませんが……」

「いえ、同じようなものです。武職につくのが厭でこうして流れているのですから」

「ほう、そうでしたか。ほれ、これは今日の稼ぎです。かなりのものです。どうぞ」

「なぜ分けないのですか」

「私は毎日ここで琵琶を奏でておりますが、実入りらしいもののあったためしがありません。こんなに銭が入ったのは、今日が初めてです。つまり、あなた様の稼ぎということです」

「あなたの琵琶がなかったら、私は語らなかったはずです。ほんの少しいただければ、充分です」

「今どき、珍しいお人じゃなあ」

老人はそう云うと、稼ぎを二分して、多いほうを玄三郎に渡した。

「明日もここに来てもらえますかな、良い『曽我兄弟』だったとは思いませんか。私は今宵、久しぶりに、琵琶を弾く喜びを噛みしめましたぞ」

「はい。よろこんで……」

二人は頭を下げて分かれた。

玄三郎は、ゆっくりと夜道を河原に向かって歩いた。

——ふう、驚いたな、門前の小僧の習わぬ経か……正にこのことだな。暗誦したとも思えない語りが、あれほどすらすら口をついて出てくるなんて、思いもよらなかった。信じられない。おまけに、自分の声を聞いたのは、これが初めてだなんていうのも、滑稽な話だ……ふむ、おかしなものだ……。

河原までくると、お夏は体を丸くして眠っていた。玄三郎は、風呂敷の中から自分の着物を一枚取り出して、そっとお夏の上に掛けた。

——天気が変わらないうちに、また小屋を造らねばならないな……。

月に照らされた子供の、驚くほど清らかな寝顔をながめながら、玄三郎は呟いた。

「ねえ、玄、今度はここが、あぶれ者たちの巣にならないような方法を考えなくてはいけないね」

翌朝、板を運んできて、新しい建設に取り組もうとしている玄三郎を見ながら、お夏は云った。

「つまり、『小屋』という感じではなく、粋で、どこかおしゃれな草庵を思わせるものを造ったら、どうかしら」

「ふむ、おしゃれな草庵か……いいだろう。俺もちょっと考えていたんだけれど、土手の斜面に支柱を何本か立てて、その上に露台をつけてみたらどうかってね」

「いい考えだわ、この川の見晴らしはいいし。そうだ、その露台を覆うように、竹を組んで日よけを作ったらどうだろう。……そして飾りをつけた門もね」

お夏は門を造るのが好きだった。衣川に造った小屋には、どれにもお夏が造った小さな門がついていた。それぞれが違った形と飾りを持っていて、住人はそれを、自分たち一人一人に与えられた誇りの象徴のように見做《みな》して、大切にしていた。

「そりゃあいいな」

設計が頭の中で決まると、二人は早速、土台作りにかかった。

日が暮れるころ、お夏はまた姿を消した。玄三郎は仕事を止めて、昨日の寺門に向かって行った。


老人は琵琶の弦を締めて、ちゃんと待っていた。

「今日は、義経記を始めから、というのはいかがでしょう」

「おぼつかないかぎりですが、ものは試しと云いますよね」

すでに、十人以上の人たちが、めいめいに筵《むしろ》を持ち合わせて、周りに陣取っているのを見ると、玄三郎の心は、説明のできない歓びと不安に震えた。

義経の幼時を語り上げたころには、寺の門前に五、六十人あまりが、ひしめいていた。

――爺様、まさか、あなたが私を餓死から救ってくださるとは思ってもいませんでしたよ……。自分の語りに自分で感動しているのを、気恥ずかしく思いながら、心の奥で玄三郎は祖父に話しかけていた。

日ごとに数を増して、寺の門前を埋めていく聴衆の前で、もの悲しい琵琶の音が響きだすと、玄三郎は物語の中にどっぷりとつかり込むかのように、我を忘れて語り始めるのだった。それは、今まで経験したことのない奇妙な感覚であり、逆らい難い歓喜であった。

しばらくして気づいたことは、聴衆の中にお夏がいたことであった。子供は、何かに取り憑かれたように、宙の一点を見つめ、身動きもしないで聴いていた。

完成にはほど遠かったが、それでも十日ぐらいすると、寒さや悪天候から少しは身を守れそうな小屋が出来た。宋念が小屋に来て同居するようになったのも、それから間もなくであった。吹けば飛ぶような頼りないものではあったが、一応、お夏のこしらえた門も建った。

「ここに植えたのは、朝顔よ。来年の夏には、きれいな花をつけた蔓が下から巻きついて、門の両側から上っていくはずよ」

秋の蔵矢谷の眺めは見事だった。河原から見ると、山に向かって延びていく両側の坂一面に、あたかも錦の敷物が拡げられたように織り込まれた様々な彩《いろど》りに映える木々が、家々を包んで輝いていた。

出来かけの露台に座り込んで、お夏はうっとりとその景色に見とれていることが多くなった。玄三郎は、ときどきそんなお夏を見かけることがあったが、ある日、ふと足を止めて、子供の後ろ姿をじっと眺めた。

その小さな体から立ちのぼる、形状し難い哀しい翳《かげ》に驚かされたのである。親を失った子供独特の哀しさとは、こうしたものなのだろうかと心に問いながら、玄三郎は、いつまでも佇んでいた。

——お夏、忘れるな、この、とうへんぼくがいることを。玄が、いつの日にか、その暗い翳を取り払ってやる。親の代理とまではいかないかもしれないが、できるかぎりのことはやるぞ。

玄三郎と宋念は、寺の門前ばかりでなく、町内から山の手へと移動しながら、語りの回数を増していった。勿論、冬の到来を目前にして、今のうちにできるだけたくさん稼いでおこうという気持ちからだったのだが、結果としては、いろいろな角度から見る紅葉の美しさを、我を忘れて追うかたちになっていた。

日中頻繁に姿を消していたお夏は、夕方になると、必ずいくらかの銭を持って現れて、

「今日の稼ぎはこれだけ」

と差し出し、そのあと必ず二人の男を露台に連れ出した。

「ほら、あそこを見て。三本並んだ欅《けやき》の木の蔭に、小さな家があるでしょう、そこには占いをする百歳を越えたお婆さんが一人で住んでいるのよ。お婆さんの占いは、いいことも悪いことも、とて

もよく当たるらしいけれど、このところ気が触れたらしくて、『ああ、恐ろしい……死人《しにびと》が、屍《しかばね》が見える……万と見える』と繰り返して、震えてばかりいるんですって」とか、

「あそこに見える白いお屋敷には、それはそれはかわいい双子の女の子がいるのよ。でも、なぜか二人とも、唖《おし》でもないのに口を利かないんだって」

「あの黒い森は、誰も入れないように出来ていて、そこでは、外部の人に決して姿を見せようとしない忍者たちが、毎日厳しい修行をしているの」

「反対側のあの森には、赤天狗が黒狸と一緒に住んでいて、そこを通る人たちを捕らえて殺したり食べたりするんですって」

と、そのたびに違った方角を指差しながら、その日見てきたこと、聞いたこと、出会った人のことを報告した。

ある日、お夏は取っておきの特種を披露した。

「あの唐松林の後ろの岩山には、料理のとても上手なお猿さんたちが住んでいるのよ。お猿に御馳走になろうと、押しかける人が大勢いて、長い行列ができるほどなの」

そう云うと、含み笑いをしている玄三郎をちらっと横目で見て黙殺し、

「ほら、そこに行って、これを買ってきた人からいただいてきたの」と、持ってきた料理を一皿ずつ、玄三郎と宋念の前に置いた。

「何だ、これ、ただの煮しめじゃあないか」

「そうよ、野菜のお煮しめ。お猿さんが作ると、格別な味がするらしいわ。食べてごらんなさい」

「何だか気味が悪いな」

「あら、そんなこと云わずに召し上がれ。舌がとろけるほどおいしいのだから。お猿さんの使う調味料というのが、人間にはとても手に入らない、とびきりの高級品なんですって」

そろそろと箸を取りあげ、料理の一切れを味わった二人は、その味の良さに驚いて、瞬く間に皿を空にしてしまった。

「どうだった?」

「うまかった。また貰って来てほしいくらいだ。ところで、その調味料というのは何だい」

「あら、云わなかったかしら、それは、お猿さんの涎《よだれ》だってこと」

お夏はそう云うと、あははと笑いながら、逃げていった。


そんなある日、玄三郎は一人の男の訪問を受けた。

その男は「椿屋」という料亭から使わされた使用人で、そこの主人が玄三郎に会いたがっているから、同伴してほしいと、腰を低くして頼みこんだ。

使いの者のあとに従って町の盛り場を離れ、しばらく坂を上っていくと、高台になった広い庭の向こうに、豪華な料亭が見えた。

椿屋の主人は、玄三郎を迎えると、庭の見える縁に掛けさせて、機嫌よく笑った。

「突然お呼び立てをしまして、申し訳ありませんでした。私はどうもせっかちなたちでして、何か思い立つと、すぐに実行しないと気がすまないものですから、つい性急になってしまって……実は先日、三つ鷺の河原で、あなたが建てられた草庵を見まして……」

言葉が前後し、秩序に欠けた彼の話を、我慢強く聞いていた玄三郎は、しばらくしてやっとこの主人の望みがわかってきた。

要するにこの料亭の庭に、小さな草庵を建ててほしいというのであった。それも、玄三郎が河原に建てた小屋のように、どこにも見られないような一風変わった、瀟洒で風格のある草庵が欲しいと云うのであった。

「申し訳ないのですが、私は本職の大工ではありません。風格のある草庵など、とても私に造れるわけがありません」

「出来ているではありませんか、本職でないからこそ、ああした面白いものが造れるのです。私は、この料亭が、ただ豪華なだけで、型にはまった退屈なものにしたくないのです。思いっきり自由に、自分の好きな草庵を造ってくだされば、それでいいのです。結果が私の気に入らなければ、壊させますから」

最後の言葉に安心して、玄三郎は承知した。

翌日から椿屋の庭で草庵を造り始めた玄三郎は、力量もないのに仕事を請け負った自分の軽率さを深く後悔した。

萱葺きにしたいと彼が云うと、たちまち専門の人足が萱を運んできて、指図を待っていたし、材木も、最良質のものが必要以上に与えられたばかりか、本職の大工が彼の指示に従うべく、補佐役として回されてきて、おとなしく控えていた。

「えらいことになったぞ」

と、すっかり困りはてていたが、いつまでも困っているわけにもいかなかった。

腹を決めて、職人たちに、自分がずぶの素人であることを宣告したあと、何となく動き始めると、不思議なことに、なんとか仕事になってきた。衣川で、お夏の意見を多く取り入れて、自分の夢を実現していった数々の小屋を思い出しながら、ああでもない、こうでもないと工夫しているうちに、玄三郎は、我を忘れて夢中になってしまっていたほどだった。

出来上がった草庵は、椿屋の主人に大層気に入られて、二つ目の草庵を、今度は自宅の庭に造ってくれという注文を受けた。

こうして、椿屋から貰う賃金と、語りが齎《もたら》す銭があったから、お夏の稼ぎを待たなくても、この冬、飢死だけは避けられそうで、放浪の身である三人は、このところとても機嫌が良かった。

ところが、玄三郎が料亭の草庵を手掛けているころから、蔵矢谷流域一帯に大雨が降って、仕事を中断させられることがしばしばあったのだが、彼が二つ目の草庵にかかり始めたとき、今度はとてつもない大嵐に見舞われた。

身の毛のよだつような稲妻と雷鳴がひとしきり空を暴れ回ったあと、荒れ狂う暴風が谷間の町に吹きまくり始めた。絶え間のない突風は、あたかも谷間を往来するのを面白がっているかのように、執念深く吹き荒れ、幾日も立ち退こうとしなかった。そして家の屋根という屋根を飛ばし、壁を壊し、木々を根こそぎにしたと思ったら、今度は、玄三郎が今までに見たこともないような豪雨が襲ってきた。

雨は時間が経つにつれて、いよいよ激しさを加え、地上を叩きのめすように降り続いた。先日からの雨で地盤が弛んでいたせいか、ついに、あちこちで土砂崩れが起こり始めた一方、川が氾濫し、橋が流された。

そのうちに、皆が思いも寄らなかった方向から、大量の水が、津波のように押し寄せてきた。それは、川上の婉曲したあたりの堤が崩壊して流れてきたものらしく、見る見るうちに、氾濫した川の水と合流して、町の平らな部分にあった家は屋根まで水に浸っていった。

住民たちは、身一つになって助け合いながら、豪雨の中を山に向かって避難した。

椿屋の主人の自宅にいた玄三郎は、蒼くなって家を飛び出すと、叫びながら雨の中を走り下りた。

「お夏！　宋念！」

二人とも河原の小屋にいるはずだった。

ほんの少し下ったところで、地すべりした土に足を踏み入れてしまった彼は、そのまま、だいぶ下まで、すべりながら転がっていった。

泥の中から這い上がろうとした瞬間、上から土とともに押し流されてきた大きな石が、まともに頭に当たり、玄三郎は意識を失ってしまった。

どのくらいの間失神していたのか、やっと気がついたときには、周りで蠢《うごめ》いていた人の気配がなくなっていた。立ちあがった彼は、大声をあげてお夏と宋念の名を呼びながら、さらに川を目指して下りていった。

「……お夏！　宋念！」

折からの突風に圧されて、雨の幕が一瞬ちらっと開き、目の前に広がった光景を目にした玄三郎は息を呑んだ。

町の半分が洪水となっており、その向こうを見ると、姿を消した三つ鷺川の代わりに、たけり狂う海かと思われるほど広大な土色の水が、渦を巻いてこちらへ上がってくるのが見えたのである。

「そうねんどの！　おなつ！」

玄三郎は、町を浸した水の中を、川に向かって泳ぐように進み、狂ったようにわめきながら、右に左に歩き回った。

「お夏！　宋念！　どこだ、どこにいるのだ」

雨に声を消され、顔を打たれ、方角を失ったそのときだった。

玄三郎は、足をすべらせて水に呑まれた。必死で流れに逆らおうとする彼の身体は、みるみる川下に向かって運ばれていったのだった。

雨が止んでいた。

不気味なくらい青く澄んだ空には、太陽が、非情なほど強烈な光を燦々《さんさん》と降り注いでいた。

その青空の下には、もう蔵矢町の姿はなかった。

深い静寂と死の匂いがあった。

山に向かって、命からがら非難した人たちも、家を失い、逃げそびれた家族や知人を失っていたし、山の手から上に住んでいた人たちでさえも、家を崩され、地すべりの犠牲となっていた。誰一人として、生き残ったことを、言葉に出して喜ぶ者はおらず、ただ、両肩の間に頭を埋めたまま、顔を上げようともしなかった。

数日前まで、その地方を覆っていた錦の毛氈《もうせん》は無残に剥がされて、裸になった褐色の地肌が、倒れた木々の下で、ギラギラと日に照らされていた。目の醒めるような、華やかな紅葉に彩られていた夢の蔵矢谷は、もう幻でしかなくなっていたのだった。


玄三郎は目を開けた。

——生きている……。

水に運ばれてきた家屋の壁の一部が、三本の大木に引っかかっていたところへ、流されてきた彼の身体がはまりこんでいたらしく、失神したまま、水の勢いを避けたかたちで溺死を免れていたのであった。

まだ朦朧《もうろう》としている頭を動かして回りを見ると、下のほうに、自分の乗っている木の太い幹が見えた。

水は、殆ど引いていたが、川上から運ばれてきた大量の土が、川の境目を消すように新しい泥岸をつくっていた。

そろそろと木を下りていった玄三郎は、ひどい頭痛と身体中の痛みに耐えかねて、手をはなしたために、ぬかるみの中に転落した。

しばらくして起き上がった彼は、泥土の上に立ちすくんだ。

そこは、三つ鷺川の下流らしく、蔵矢町からは大分離れたところのようであったが、すでに山から下りてきたらしい人たちが、泥の中から遺体を引き出して集め、並べているのが目についた。

肋骨が折れたか、ひびが入ったらしく、烈しく痛む胸を抱え込んで、玄三郎は遺体の一人一人を見て回った。しかし、お夏も、宋念も、そこにはいなかった。

彼が力なく土の上に横たわったとき、一人の女が、柄杓に水を入れて持ってきてくれた。

「お飲みなさい」

泥にまみれた女のくれた水は、清らかで冷たかった。

「ありがとう」

微笑んで礼を云ったあと、玄三郎は立ち上がり、川上に向かって歩き出した。

ところどころに、木に引っかかった死体や、泥に埋もれた遺体を見ると、彼は痛みを忘れて力を振り絞り、彼等を抱き取って地面に並べてやり、黙祷した。

蔵矢町のあたりに辿り着くころには、彼は憔悴しきっていた。

――何てことだ、何ということだろう……。

玄三郎は、命というもののはかなさと脆さを、いやというほど思い知らされていた。

自然の怒りが爆発したとしか考えられない、巨大な威力の前で、言葉も感情も失って茫然としている人間が、蟻ほどに小さな生き物のように思えてならなかった。

お夏と一緒に造った小屋は、形もなく消えていたし、それまで無数の白い石ころを洗って流れていた河原の面影は微塵《みじん》もなくなっていた。

玄三郎は、蔵矢の町から山にかけて、縦横に歩き回り、二人の友を探し続けた。

夕暮れになって、椿屋の主人の自宅まで来て驚いた。

屋根の上に数本の大木が倒れ落ちていて、家は見る影もないほど、破壊されていたのだった。造りかけだった草庵は、骨組みだけは何とか残っていたが、材木や屋根用の萱の大半は、土と共にどこかに流されてしまっていた。

潰された家の脇で、辛《から》くも被害を免れていた離れの部屋に近づくと、中から声がして人が出てきた。

「まあ、藤田様、御無事でしたか、皆で心配しておりましたのよ」

椿屋の女将《おかみ》さんだった。

「皆様も御無事で？」

「ええ、家はこの通り、潰れてしまいましたが、家族はなんとか……あら、あなた、お怪我をなさったのではありませんか？　さあ、早く入って」

通された座敷で、若い小女が女将さんの指図に従って、身体を拭いてくれ、彼の胸を布でしっかりと巻いてくれた上に、着物も着替えさせてくれた。

「肋骨の傷を治すには、こうするよりほか方法はありません。そのまま安静にして、気長に快復を待ってください。私はこれから主人のいる店に参ります。あそこはあまり被害がなかったようですが、怪我人を収容しておりますので、人手が必要なものですから。その間、お体を休めながら、あそこに寝ている老人を見ていてください。誰だかわからないのですが、背中をひどく傷めたらしく、助かる見込みもなくて、気の毒なのですが……」

女将さんは、小女を一人置いて立ち去った。

光を弱めてある行灯《あんどん》の向こうに寝ている老人に目を向けた玄三郎は、だしぬけに叫んで、寝床に走り寄った。

「宋念！　宋念殿じゃあないですか」

老人は弱々しく目を開けた。

「宋念殿、生きていてくれたんですね、よかった、本当によかった。随分捜しましたよ。無茶苦茶に捜しました」

「私も……あなたのことを……とても、とても心配していました……相棒が……相棒がいなくては、私も……あがったり……ですからね……」

微《かす》かに微笑んで云う一言ひとことが、かすれて、殆ど聞き取れないほどだった。

そんな宋念を見る玄三郎の胸の痛みは、肋骨の痛みと一緒になって耐え難いものとなり、思わず唸ってしまった。

彼は小女に頼んで、白湯を持ってきてもらい、少しずつ宋念の口に含ませた。

「……お夏は……雨の中……私を……ここまで……連れてきて……それから……それから……」

「それから私を捜しに行ったのでしょう、それではお夏も無事なんですね。ああ、よかった。どんなに心配したことか。これで、やっと安心しました」

玄三郎は努めて明るい声で話した。

「いえ……違います……ちがいます……」

宋念の目から、一筋の涙が流れだした。

「はあ?」

「……お夏は、小屋に置いてあった私の琵琶を取りに……豪雨の中を……河原に……」

二人は黙り込んだ。

何かを話そうとすれば、喉が詰まって声にならなかったのである。

ややあって、玄三郎は低く、しかし自信のこもった声で云った。

「あの子はしっかりしています。へまはしないはずです。そのうち、琵琶を抱えてここに来るでしょう。お夏はそんな子です」


間もなく、小女が持ってきてくれた食事をつつきながら、玄三郎は、いやがる宋念の口に、優しく粥を流し込んだ。

「お願いですから、無理にでも食べてください。曽我物語は、まだ初頭の部分が欠けています。それを語らなかったら、皆に叱られるにきまっているのですから」

琵琶弾きは、淋しく笑いながら頷いて、おとなしく粥を呑み下した。

そのうち、玄三郎は疲れに負けて、老人のふとんに寄りかかったまま、うつ伏せになって眠り込んでしまった。


「玄三郎殿、……そのままでいいから聞いていてください」

しばらくして、玄三郎が目を覚ましたことを感じ取ったらしい老人の、意外に強い声が聞こえてきた。その声の響きの持つ荘重さに驚いた玄三郎は、動かず、低く「はい」と答えた。

「玄三郎殿、いつか、あなたはこう云われました。『私がこうして語っている、戦記の物語が、なぜ、こうも自分の心を動かすのかわからない。これらすべてが空しく、はがゆいほど無意味な内容だと思っているにもかかわらず……』と。

実を云って、私もその無意味さにあきれたことがありました。しかし、長い間琵琶を弾いているうちに、わかったことがあります。それを今、是非聞いていただきたいと思います」

宋念はしばらく間を置いた。

「玄三郎殿、我々が感動してしまうのは、そこにある夢を感じるからなのですよ。その物語に託された兵《つわもの》たちの夢が、我々の魂の中に入ってくるからなのです。

それは、男の夢です。しかも武《もののふ》から雑兵《ぞうひょう》に至るまで、戦《いくさ》に命を賭けた男たちの一人一人が生み出した夢なのです。現実はどうあれ、彼等は自分たちの命を、ああしたかたちで昇華させたのだと思います」

「……昇華ですって？　張子の虎でしかない武将に忠義をたてて戦場に臨み、敵という、見も知らぬ兵を殺し、自分も死ぬことが、夢であり、生の昇華と云われるのですか」

玄三郎はゆっくりと起き上がった。

「そうです。しかし、彼等は死ぬ前に、その張子の虎に、自分たちが夢見るあらゆる理想の人格の着物を着せ、充分に価値ある存在をつくりあげていたに違いないのです」

「想像上の？　……つまり、いつわりの武将？」

「いつわりであろうが、真実の武将であろうが、彼等が命を捧げる主人は、果てしなく立派で尊い英雄でなければならなかったことぐらい想像がつきますでしょう？　そんな武将が実際にいたのでしょうか。これらの軍記を語ったのは武将ではないことを忘れないでください。生き残った武士や兵たちの口語りでしかないのですよ」

　老人は、再び言葉を止めて一息ついた。

「人間とは、生まれた瞬間から、愛情を受け、与えることを求め続ける動物の一種ではないでしょうか。忠義というのは、その愛情の一つのかたちです。忠義という感情は、特に絶対的で、献身という形であらわせることから、主従のつながりには欠くべからざるものとなったのでしょう」

「……つまり、兵士たちは、自分の描いた理想の君子のために忠誠をたてて死ぬことによって、愛情を表現し、死を飾ったと云われるのですか」

「早く云えばそういうことです。戦国の時代に生きた人たちに、生を享受せよというのは無理なことでした。戦乱だけでなく、はびこる兇族《きょうぞく》、飢饉、疫病に苦しむ民の周りには、死が、あらゆる形を取って、顔をのぞかせていました。その死をまともに見るよりほか仕方のなかった彼等は、武将たちの運命や主従のつながりを精いっぱい美化して、夢物語をつくることによって自分を支えていたに違いないのです。そして、その夢物語の一端を担ぐ思いで戦い、命を捧げたとは考えられないでしょうか。しかも、これらの語りは、誰が付け加えたのか、深い叡智と哀れさで締めくくられてはいないでしょうか。つまり、『無常』という……」

　老人はしばらく沈黙した。

「勿論これは私個人の見解です。とんでもない誤解かもしれません」

「しかし……そうだとしたら……もしそうだとしたら、これらの戦記が、無意味でなくなってくる……私が受ける感動の正体も説明がつく。そうか……そうだったのだ……やっと明瞭になってきました。これでやっと、私の祖父の胸中も、理解できるような気がします。いや、確かに、宋念殿、あなたのおっしゃることは正しい、正しいに決まっています」

「そう思われるのでしたら、玄三郎殿。私がいなくなっても、その張りのある声で、いつまでも語り続けてください。聞く人の心に夢を吹き込んでほしいのです。夢が必要なのは戦国時代の兵士ばかりではないのですから」

「……宋念殿……」

「約束してくれますか」

「……はい……誓って……お約束します」

この会話をするために、残っていた最後の力を使い果たしたらしい宋念は、ぐったりとして目を閉じ、安堵したように微笑んだ。

痩せた老人の手を自分の手の中に包み込みながら、玄三郎は為す術も知らず、ただ、深くうなだれて、声を殺して咽《むせ》んでいた。


その日の夜、宋念は息を引き取った。

翌々日、宋念は灰になった。玄三郎は老人の身体を自分の手で焼いた。湿った薪の炎の中で揺れている親しい友の影から涙に濡れた顔を上げると、同じような火煙が、蔵矢谷のあちこちにのぼっているのが目についた。

骨壷は、草庵の横に埋め、小さな塚を造っておいた。

玄三郎は、それからも長い間、しつこく蔵矢谷を歩き回ってお夏を捜したが、その姿を見つけ出すことはできなかった。

——生きていれば、いつか必ず、お夏は必ず椿屋に来る。それに、あの子が死ぬはずがない……死ぬわけがないのだ……。

玄三郎は、何度も、そう自分に云い聞かせた。

肋骨の痛みが少し軽くなると、玄三郎は、椿屋の自宅の修理に取り掛かった。隣近所の男たちを集めて、倒れ掛かった木を取り除けることから始め、その木の一部を補強として用いながら、普請をした。修理が終わると、そこが、家を壊された人たちの住居となった。

玄三郎は、それから、休むことなく働いた。大きくて立派な家の普請は専門の大工にまかせ、もっぱら小ぶりで質素な家の改修や建て直しをやった。

その合間には、三つ鷺川に下りて行って、橋の造り直しの作業にも加わり、川上の婉曲した部分の堤の補強も手伝った。

玄三郎は、この谷が好きだった。そこが美しかったこともあるが、何より、たとえそれが短い間だったとしても、お夏と宋念というかけがえのない友と、今までで最も美しい人生を生きた場所だったからであった。

蔵矢谷は、少しずつではあったが、健康を取り戻しつつあった。

しかし、宋念の眠る小さな塚は、絶えず彼に琵琶弾きの不在を呼び起こしていたし、お夏は、依然として現れなかった。


冬が来て、谷一帯に雪が降った。蔵矢谷の、破壊された部分も、再興された部分も白一色に塗りつぶされて見えなくなると、なぜか誰もが、ほっとして一息ついたものだった。

玄三郎は、嵐に見舞われたとき以来、椿屋の自宅の一室を借りて住んでいた。

椿屋夫婦に勧められて居つくようになったのだったが、実は彼自身も、温かく寛大なばかりでなく細やかな心情を持つこの夫婦に深い愛着を持っていたから、そこを離れる気がしなかったせいでもあった。

雪が積もってくると、玄三郎は、宋念の塚の横に雪を固めて作った琵琶を供えた。そのあと、ふと思いついて、天狗と狸と猿の像も作った。すると、それを見た椿屋夫婦の孫たちが歓声を上げてやってきた。

雪の彫像の周りで戯れる子供たちを見ていると、玄三郎の胸に、「これだけあれば、寒かろうが雪が降ろうが、私たち三人、どうやら無事に冬が越せそうですな」「遊んでいてもね」という、宋念と、お夏の嬉しそうな声が響いて来た。

蔵矢谷にとっては八十年来の災害だったという嵐は、その後再来する兆《きざ》しを見せなかった。椿屋の主人の世話で、ある棟梁のもとで働くようになった玄三郎は、そこで、鳶職、大工、左官と、普請のあらゆる分野にわたる仕事を熱心に学んだ。

蔵矢の谷は、数年後には、以前とまったく同様とは云えなくても、自然の美しさを取り戻していたし、傷ついた人の心も、やっと前向きの姿勢を取り出したようだった。

そして、そのころから、玄三郎は再び戦記を語り始めた。

宋念と知り合った古寺の門の脇に集まってくれた人たちの心に向かって、熱意を込めて語りかけた。人には聞こえない宋念の琵琶の音は、彼の耳に、心に、響き渡って、それはまさに二人が一体となり生み出す鎮魂歌となっていた。

聞く者は日に日に増えた。

毎年同じ時期に降って、谷を銀色に輝かせる雪の到来を、玄三郎は、六回数えた。

日が経つにつれて、彼はお夏があのときに死んだという事実を認めざるを得なくなってきた。

——自殺を妨害したくせに、俺はあの子を守ってやることができなかった。守れなかったばかりか、きっと最悪の死に方をさせてしまったに違いない。俺はこうして、とうへんぼくの極致を見せたわけだ。生らしい生を生きることもなく、仕合わせを垣間見る暇もなく、運命に弄《もてあそ》ばれたように散っていった子供の哀れさを、俺はどう解釈したらいいのだろう。そこに、何らかの意味があるというのだろうか……わからない……俺にはわからない。

翌年の夏の終わりに、玄三郎は父と叔母と兄たちの夢を見た。

——長い間の無沙汰だったが、皆、どうしているだろう。元気でいるかな。

そう考えだすと、無性に家族に会いたくて、矢も盾もたまらなくなってきた。

近々、棟梁の位置を受け継ぐことになっていた彼は、その前に、故郷の皆の顔を見に行くことにした。

椿屋の女将さんと娘さんが作ってくれた弁当を持って、暁霧《ぎょうむ》に包まれた蔵矢谷をあとにすると、玄三郎の足は、自然に速度を加えていった。

衣川の土手まで来たとき、彼は思わず唸った。

そこには、百人、いや、二百人を超える貧民が蠢いていたのである。至るところに立ちのぼっていたのは、焚き火の煙だけではなく、悪臭と、ののしりと、うめき声と叫びであった。

それは、往時の武士の影をすっかり失って無宿者になりはてた牢人、身体の障害と病に喘ぐ者、子供を抱えた職のない寡婦、百姓に見切りをつけて逃げてはきたものの、以前同様かそれ以上の貧困状態に陥った農民たちが作った巣であった。

彼の造った小屋は、数ヶ所に、辛うじて形を留めているだけだった。

玄三郎は、我を忘れて、長い間そこに佇んでいた。

それからゆっくりと土手に下りてゆくと、持っていた銭を取り出して、一人一人に配って回った。焼け石に水だということはわかっていても、そうせずにはいられなかったのだった。

貧民たちの反応は、感謝したり、しなかったり、様々であった。

銭が殆どなくなったとき、玄三郎は、喧騒の真ん中に座り込んだ。

「お前か、金をくれたのは。もう少しよこせ」

「おい、いい着物を着ているな、どこでかすめてきた」

などと話しかける者があったが、彼をよそ者と見た浮浪者は、一体に関心を示そうとしなかった。

目を閉じると、子供のままのお夏が辺りを駆け回っていた。

「お夏……」

そのまま座禅していた玄三郎は、しばらくして、腹の底から出てきた低い声に気づいた。

彼は、語り始めていたのだ。

——祇園精舎の鐘の声、諸行無常の響きあり……沙羅双樹の花の色、盛者必衰のことわりをあらわす。おごれる人も久しからず、ただ、春の夜の夢のごとし……。

語りは止まることなく滔々と河原に延びていったが、そのうち、玄三郎は、はっとして目を開けた。周りから騒音が消えてしまっていたのだった。河原の空気を支配している深い静寂に気づいたとき、胸の奥から、熱いものが込み上がってきて、言葉が途切れた。

「語りは、泣くもんじゃあねえ。その役は俺たちにまかせろ」

そばにいた髭の老人が、叱咤するように囁いた。


長い一節を語り終わると、玄三郎はシンと静まり返った河原をそっと離れ、衣川の流れる町をあとにした。

三日後に、玄三郎は自宅の門の前に立っていた。

玄関の戸を開けようとして、彼はふと、思いとどまった。どこか様子が違うように思えたからだった。

「御免」

そう叫ぶと、中から見たことのない中年の女が出てきた。

「何か御用ですか」

「ここは、藤田の家では……」

「ああ、藤田様なら、この先の菓子問屋の『渥見屋』さんのところです」

「菓子問屋？」

思ってもみなかった答えであった。

玄三郎は渥見屋に向かった。

小奇麗で奥に深い店舗の前でうろうろしていると、中から若い女が出てきた。

「何か……あら、あなたは、玄三郎さんではないのかしら」

「はい……」

「まあ、お懐かしい。やっと帰っていらしたのですね。覚えていらっしゃらないかもしれないけれど、私は美津です。お兄様の嫁となりました。さ、さ、お入りになって、すぐに喜一郎さんを呼んできます」

長男の喜一郎は、すぐに出てきた。

「おお、玄三郎か、やっと戻ってきたな、元気か、長い間待っていたぞ」

嬉しそうに笑いかけた玄三郎は、つと、立ち止まって、兄の顔をまじまじと見た。

「兄上にも、お変わりなく……」

喜一郎は、目をいくぶん逸らすようにして、弟の肩を抱いた。

「ああ、元気だ。さあ、上がれ、お前も見ての通り、武士の分際で、商家の婿養子になってしまった。恋というものは、突拍子もないことをやらせるというわけさ」

そう云って兄は声をたてて笑った。

弟は笑わなかった。藤田家の誇りの象徴であった喜一郎の美しい顔から艶《つや》が消えており、年に似合わぬ皺が刻まれているのを素早く見て取り、朗らかな表情が隠そうと努めている深い陰影を、敏感に感じ取ったからであった。

——何が起きたというのか。我が家族に何かが起きている……。

玄三郎は、誘われるままに部屋に入り、兄と向かい合って座を取った。

「ようこそお帰りくださいました」と、きれいな顔をほころばせて、お美津はすぐに茶と菓子を持ってきたが、「兄弟同士、積もるお話がおありでしょう。私は、お淑《よし》さんが帰っていらっしゃるのを待って、一緒にとびきりおいしいお料理をこしらえますわ」と云って間もなく下がっていった。

「お淑さん……？　では叔母さんもここに？　兄上、父上と伸二郎兄さんは、どこに……」

「玄三郎……」

喜一郎は弟の問いを遮ったあと、沈黙した。

「何かあったのですか、兄上。云ってください……」

「玄三郎……」

「兄上、どうしたというのです」

「……死んだ……」

「死んだ？　誰が？」

「父上と伸二郎だ」

玄三郎は胸がはじけるかと思った。

「なんですって、二人とも……?」

「……そうだ二人とも」

玄三郎は体が震えて声が出てこなかった。あの陽気で呑気そうな父と、快活で利発な伸二郎を、死という言葉に結び付けて考えることは、まったく不可能なことだった。

「……病気ですか、だったら何の病気だったんです」

「病気ではない……」

苦悶の表情を浮かべて俯いていた喜一郎は、やがて語り始めた。


玄三郎が旅に出てから二年ほど経ったころから、父、仁左衛門の様子が変わってきた。非常に神経質になり、言葉数が少なくなって、仕事から帰ると、誰とも話そうとせず、一人で部屋に閉じこもるようになった。喜一郎と伸二郎は、そんな父を心配げに見ていたが、そのころ、ちょうど喜一郎が夢中になっていた女性の話が、注意をそちらのほうに向けてしまっていた。

だいぶ前から、喜一郎と菓子問屋の一人娘お美津とは恋仲であった。ただ、喜一郎は、身分の違いを気にして、結婚の意志を父に話せないでいた。

ところが、ある日、父はこの長男を呼んで、お美津との結婚を勧めたのだった。

「お前も知っているとおり、今日、武士であることは、誇りにも栄誉にもならぬ。能力と威厳を失った将軍に忠義をたてて、雀の涙のような俸禄に満足し、家の中が火の車であるにもかかわらず、外面を飾っている役立たずか、さもなくば、汚職で金をくすねて生活しているのが侍なのだ。そんな種族にいつまでも執着している必要はない。世の中は移り変わっていくのだ。お前が望んでいるのなら、お美津と一緒になって、菓子問屋を続けて行くがいい。あの娘の母親は数年前に死んだし、父親は痛風で苦しんでいるという。助けてあげることだ」

喜一郎はびっくりして、父を見上げた。武士としての名誉だけを大切にしている人だと思っていた父の口から、こうした痛烈な、現実を穿つ言葉が出てくるとは思ってもみなかったのである。しかし、その顔は、今まで見たこともないような、優しさを湛えていた。

一方、次男の伸二郎も、やはり、父の呼び出しを受けていた。

「鉄砲玉のように、出たきり帰って来やしない玄三郎は、一体どうしているのか。近ごろ、やけに気になってならぬが」

「はい、二、三度、元気でいるという便りを受け取っております。あの子のことですから、心配はないものと思われます」

「そうだといいがな。いつか遊びがてらにでも、顔を見に行ってくるがいい。ところで伸二郎、お前は以前、役者になりたいと云っていたが、その後どうなったのだ」

「いいえ、役者ではなく、軽業師になりたいと思ったことがありました。飛んだり跳ねたり、自分の体を自由自在に動かせる人間になれたら素晴らしいだろうなと夢を見ただけです。ただ、武士の身では剣を学ぶので精いっぱいですから、今ではあきらめております」

「軽業師か――。なるほど素晴らしい」

「は?」

「素晴らしいと云っておるのじゃ。そしてあきらめるのはまだ早いというのが、わしの意見なのだ」

「……では、それでは……?」

「ふむ、やってみてはどうじゃ」

「父上は、私をからかっていらっしゃるのでは……」

「いや、からかってはおらん。からかっておらんばかりか、この年になって初めて、そうした夢を持ちそこねたことを、残念だと思うようにさえなっておるのじゃ」

「………」

いつもの父には似合わない真面目な表情の上に、温かい微笑みを浮かべた眼差しが自分の上に注がれているのを感じたとき、伸二郎の胸は怪しく騒ぎ出し、鼓動が激しくなった。

――何かある……これは、武士の言葉ではない。おかしい……これらの言葉の裏に、あきらめと、別離の影を感じるのはなぜだろう? 思い違いだろうか、いや、確かに何かある。何があったというのか……何を胸に畳んでいるのだろう……。

伸二郎は、心の動揺を見せぬように微笑み返すと、背を正して云った。

「ありがたいことです。父上にそう云っていただけるのなら、私も安心して心が決められます。しかし、それを始める前にひとつお約束してほしいことがあります」

「何じゃ」

「私が立派な軽業師になるのを見届けていただくことです。きっと長い修行が必要となりますが、よろしゅうございますね」

瞬間、二人の目が合った。

「……ふむ、よかろう」

仁左衛門は、つと目を逸らして天井を見上げ、朗らかに笑った。


喜一郎の婚礼について、「どうせ決まったものなら、早いほうがいい」と主張したのも仁左衛門で、挙式は、時を移さず挙行された。

そして、喜一郎が菓子問屋の養子となってから十日後、仁左衛門が、座敷で介錯《かいしゃく》もなく、一人で腹を掻き切って死んでいるのが発見されたのであった。

遺書がなかったことから、その自害の理由は誰にも見当がつかず、皆はただ驚き、悲しむよりなかったのだった。

しかし、父の死以来、単独で執念深く捜索を続けていた次男の伸二郎は、二ヶ月ほど経って、とうとうその原因を知ったのであった。

それは、幕府が商人から借りた金の横領に関するものであった。

当時の幕府は腐敗していた。財政の貧窮が、そこに仕える武士たちを、貧しさで身動きのできない境遇に置いていたために、役人の位にある武士たちの中には、幕府が行う豪商人たちとの取引を利用して、証書を偽造し、金を不正に着服することがあった。それは当時、殆ど暗黙のうちに行われる陰の習慣のようになっていたといってもよかった。

ところが、藤田仁左衛門は違っていた。武士の魂を失っていなかった彼は、そうした行為が自分の周りで敢行されているなどとは夢にも思っていなかった。その事実にやっと気づき始めたころ、莫大な額の金が上方の豪商から幕府に送られてきた。取引の詳細については、何も教えられなかったが、その受領書を書く役割を、仁左衛門は上司から云い付かった。

そこで、受領書と実際の金額との間にある大差を、偶然に見出した仁左衛門は、自分を巻き込もうとしている闇工作に気づいたのであった。

彼は、そこに「今後、こうした実践には、目をつぶれ」という明瞭な暗示を読み取ったばかりでなく、勿論、その横領が明るみに出た場合には、罪の全責任を負うのが、ほかならぬ自分自身であることも了解した。

仁左衛門に証書を書かせようとしたのは、彼を現在の地位、つまり納戸方まで持ち上げてくれた納戸頭の柏木準之介であった。仁左衛門は、古くからの友達であるこの柏木を心から尊敬し、慕ってきた。彼の亡き妻、つまり、三人の息子の母親は、柏木が世話をしてくれた娘でもあったのだった。

仁左衛門は、深く落胆したにもかかわらず、柏木が自分を陥れようとして、それを計画したとは思っていなかった。上司である彼も、上からの指令を受けていたに違いないことを推察した。そうしなければならなかった柏木のつらい心を察した仁左衛門は、ここまで追い詰められた幕府の政体そのものに、絶望した。

これ以上保持できなくなった武士としての誇りと、柏木への義理の板ばさみになった仁左衛門は、死を選んだ。

「誇りと高貴さが魂から失われたら、武士である意味はなくなる。不正の金を着服してまで、武士でいる必要はない。さっさと盗賊にでもなるがいいのだ」と、そのころ、妹のお淑に漏らしたこともあったらしかった。

事実を知った伸二郎は、人が変わったように無口になった。そして、父の埋葬後、家を出た。喜一郎は弟に、渥見屋で自分を助けて働いてくれるように何度も勧めたが、無駄だった。

「玄三郎に会いに行く。あいつは、すべてを見抜いていた」

と云ったまま、姿をくらました。

十日も経たぬうち、近くの町から連絡があり、喜一郎が駆けつけたときには、伸二郎は屍となっていた。

酒を多量に飲んで酔った彼は、往来の真ん中に出て、幕府と将軍を大声で罵倒したらしかった。それを止めさせようとやってきた数人の武士を見た伸二郎は、今度は、武士のだらしなさと無意味さを嘲笑い、愚弄した。

侍たちが刀を抜くと同時に、伸二郎も抜刀していた。

伸二郎は誰も切ろうとしなかった。そして死ぬ間際に、ただ一言「父上――」と叫んだという。


玄三郎は息を詰まらせ、胸をえぐられるような苦痛に耐えながら、話を聞き終わった。

二人の兄弟は、いつまでも無言のまま、深く頭を垂れていた。

しばらくして玄三郎は、自分の肩に兄の手を感じた瞬間、初めて叫びにも似た嗚咽を洩らした。

二人の兄弟はお互いに凭《もた》れあって泣いた。

喜一郎も、数年の間誰にも見せなかった涙を、やっと今、誰に憚《はばか》ることもなく流していたのだった。

「私だけが……私だけが、家族も顧みず、家を飛び出して、勝手な真似をしてきたのです。その罰が当たりました。おいたわしい父上、伸二郎兄さん、どんなに苦しまれたことでしょう。許してください。皆で一緒にいて、支え合っていたら、もしかしたら、もしかしたら……」

「いや、どうにもならなかったと思う。父も、伸二郎も、立派な武士であること以外は何も望んではいなかった。その夢が破れたということなのだ。だから、お前は何も悔いることはないのだよ」

「しかし……兄上……」

「玄三郎……」

末っ子の帰郷を、叔母は涙を抑えきれないで迎えたが、その泣き笑いの奥にある、やつれた顔を見た玄三郎は、思わず近寄って手を取ると、老体の前に顔を伏せて跪《ひざまず》いた。

玄三郎は、それから半月ほど、呆けたようになって、墓通いだけをして暮らしていたが、ある日、喜一郎の止めるのも聞かず、ふらりとどこかへ出て行ってしまった。

「ばかな真似はしませんから安心していてください。気持ちが治まったら、必ず戻ってきます」と云った弟の言葉を信じて、喜一郎は、待つことにした。


玄三郎は、自分がどこをどう歩いているのか知らなかった。また、知ろうともしなかった。その必要もなかったからである。

そうして彷徨いながら、彼は、残酷な死の影がついて回る運命というものの意味を、ここでも汲み取れないでいた。

——これらのどこかに、何らかの条理が隠れているというのだろうか。いつか……いつかは、これらの意味することがわかるときがくるのだろうか……それとも——。


数日経って、玄三郎は、椎名町という名の静かな通りを歩いていた。

そしてふと、一軒の武家屋敷の裏門の前で立ち止まった。

その門の足元に夕顔の花が両方から絡みついて巻き上がっているのを見たからだった。

「……来年の夏になったら、きれいな花をつけた朝顔の蔓が巻きついて、門を上っていくはずよ……」

お夏の言葉が胸の中に響いていた。

時を忘れてそこに佇んでいた彼は、通行人たちの投げる胡散《うさん》臭そうな眼差しにやっと気づいて、その門を離れた。

しばらく歩いていくうちに、どこからか水の音が聞こえてきた。

――川がある……。

流れの緩慢な、深くて澄んだ川だった。玄三郎は、土手に座り込んで、しばらく水の流れを眺めていたが、やがて仰向けに寝て、空を飛ぶ赤トンボの動きを目で追った。

しばらくして目を閉じると、父と兄の伸二郎、お夏と宋念の顔が浮かび上がってきた。

――自然の気まぐれの犠牲になるだけでは充分ではないかのように、人間は常に葛藤を生み、その犠牲になっている。夢を追って戦場に消えていった兵士、夢を失って死んでいった父と兄。その悲劇は、必ず死に結びついている。生きることは、それほど価値のないことなのだろうか。

考えがそこまできたとき、当時の河原の影像が甦ってきた。

何もかもが、鮮明に一つひとつ浮き上がっては消えていくのだった。

小さな子供が自殺しかけたのを妨害したことも、「とうへんぼくのおじさん」と呼ばれたことも、自分がしょうがない人間になったわけを知った日のことも、修行と称して家を出た日のことも、衣川でお夏に再会したことも――。

「おなつ……」

そっと子供の名を呼んだ玄三郎は、あのときのように、すぐ傍で、お夏が「はい」と答えてくれたような気がして、思わず苦笑した。

「はい……」

声がもう一度聞こえた。

玄三郎は、目を開けて跳ね起きた。

「……玄三郎様」

玄三郎は口をぽかんと開けたまま、そこに座っている若い女性を眺めた。

笑みを湛えた、華奢《きゃしゃ》な、だが、目を見張るほど美しい娘だった。

――まさかそんな……。

玄三郎は夢を見ていると思い、何度も目を瞬いた。

――第一に、お夏は死んだはずだ。第二に、お夏は十歳だ……十歳の年に死んだ者は、いつまで経っても十歳……だが待てよ、もし、死んでいなかったとすれば、この七年を勘定に入れなければならなく……そうなると……つまりは、つまり――。

「お夏？　……本当にお夏？　……生きていたのか……」

「お化けじゃありません、玄三郎様は、私を追って来られたのですか？」

娘はそう云うと、腹を抱えて笑い出した。

――確かにお夏だ。しかも、玄が玄三郎様に変わったぞ。

玄三郎はまだ、ほとぼりが冷めぬように、ひどくまごついて、目を白黒させていたが、やがて、自分の高らかな笑い声が、お夏のそれに融合していくのを聞いたのだった。

暮れていく川岸に、二つの若い影が、肩を並べて座っていた。

「私がここにいることをどうして？」

玄三郎は、何から話していいのかわからず、まだ戸惑っていたが、腹を決めて尋ねた。

「あなたは、私が家の裏門の足元に植えた夕顔の花を、長い間じっと見ていらしたでしょう。不審に思った庭番がそのことを下男に話しているのを聞いて、私は、はっとして、まさかと思いながらも駆けつけました。そこにあなたの姿を見たときには、驚きで息が止まりそうになり、亡霊ではないかと、何度も見直しました。なぜなら、あなたは死んでしまったはずだからです。あの嵐の日、豪雨の中を、琵琶を取りに戻った私は、氾濫した三つ鷺川の近くにあった大木の上のほうにしがみついて枝の間で震えていました。勿論、私たちの小屋は影も形もなくなっていました。川が氾濫していただけでなく、どこから来たのか、突然、多量の水が町に流れ込んできて、家々を浸しながら、上へ上へとあがってきたために、あわてて私がよじ登った木は、たちまちのうちに孤立してしまい、どこへも逃げられなくなりました。ちょうどそのとき、川の激流に呑まれて、木の葉のように流されていく玄三郎様の姿が見えたのです。それは一瞬の出来事でした。一度あの濁流にさらわれたら、助かる見込みのないことは、小さな子供でもわかります。けれど、あなたが死ぬなんて、あってはならないことだったのです。私は『死ぬ、玄が死ぬ……駄目、行っちゃ駄目、一人で行かないで、あたしも連れてって』と叫び、手を離して水に飛び込もうとしたのですが、同じ木に登っていた人が、いつの間にか私を木にくくり付けていたのです。やがて私はそこで気を失っていました」

お夏は一息ついてから尋ねた。

「あの恐ろしい激流から、どうやって抜け出されたのですか」

「抜け出したのではなく、私も数本の大木に助けられたらしい」

それから玄三郎は、すべてを語った。嵐の日のこと、亡くなった宋念のこと、彼がどんなに必死になってお夏を捜し続けたかということ、最近になって、お夏が死んだという事実を認め始めていたこと、破壊された蔵矢谷の建て直しに熱中することによって、消化しきれないでいた過酷な事実を、頭から追い払おうとしていたことなど等。

お夏は、息を止めるようにして、じっと聞いていた。

「お夏は、誰に助けられたのかい」

「私の知らない人でした。気がついたときには、私はどこかの家に運ばれていて、そこに寝ていました。そばには何人もの人が、私と同じように看護を受けていました。私はとても弱っていたために、起き上がることもできず、しばらく、その親切な人たちのお世話になっていました。やっと歩けるようになった日、私は宋念さんを訪ねて、椿屋まで行ったのです。椿屋は大木に押しつぶされて破壊されていたためか、誰もおりませんでした。そして、ふと、庭の草庵に近づいたとき、私は蒼くなって叫びました。目に入った小さな塚には、宋念と書かれた小さな板が立っていたからです。

『みんなみんな死んでしまった、死んじゃった、ひどい、ひどい、なぜ？　なぜなの』

私は気が狂ったように坂を駆け下り、無我夢中で蔵矢町を逃げ出しました。

何日もかかってやっと、衣川の河原に着きました。そこで、憔悴と空腹のために倒れていた私を拾ってくれたうえ、近くの小屋を占領していた男を追い出し、代わりに私をそこに入れて、面倒を見てくれたのは、浮浪者の若い夫婦でした。僅かしかない食べ物を分けてくれ、体を洗ってくれたあと、どこからか盗んできた着物に着替えさせてくれたのも、その人たちでした。五日ほどして少し元気になると、私はお礼を云って衣川を離れました。夫婦にそれ以上迷惑をかけたくなかったこともありましたが、小屋に住んでいると、亡くなったあなたと宋念さんのことが思われて、つらくてたまらず、泣いてばかりいたからです。ある日、気がつくと、私は墓場の中にいました」

そこまで話すと、なぜかお夏は苦痛を耐えるように、両手で顔を覆い、しばらく黙りこんでいたが、やがて暗い瞳を地に落として語り始めた。

夏の前には土居孝之進、寿美と書かれた墓石が立っていた。

墓石の傍で、夏はその日一日を過ごし、夜になってもそこを離れなかった。

そこで眠り込んでいた子供は、夜明け前に人々の声に起こされた。

「お嬢様！　お夏様ではありませんか、お夏様、生きておいでてしたのですね。まあ、何というお姿でしょう。みんな、大変です、急いでください、お嬢様が……」

寺の和尚の知らせで駆けつけた、夏の家の者たちだった。

夏は、女中のおすえや下男に抱えられるようにして、家に運ばれていった。

すぐに飛んできた母親は、夏を見るなり、蒼白な唇を震わせて瞬時佇んでいたが、突然、子供をおすえからひったくるようにして抱きしめると、声をあげて泣き出した。

「お夏……お夏、生きていてくれたのかい、戻ってきてくれたのですね。まあ、こんなに痩せてしまって……お夏、許しておくれ、私が悪かった、許すと云っておくれ」

夏は何も云わず、自分にすがりついて泣き叫ぶ母の背を見ていた。

仕事から帰ってきた父親は、娘の帰還を知らされると、すぐにやって来て、心配そうに子供の周りをうろうろしていたが、やがて低く云った。

「よく帰ってきた……お夏、よく帰ってきた」

夏は衰弱しきっており、それから長い間、床についてしまった。

一月ほど経って、少し力が出てくると、夏は墓に戻った。

その墓には、十四歳で他界した寿美という姉と、まだ赤子のときに亡くなった兄の孝之進が、祖先と共に眠っていた。

「姉上、夏は帰ってきました。姉上はもうここにはいないことを知っていたのに……。あのとき、姉上のあとを追って死のうとして失敗しました。失敗したとき、姉上が私に書き残してくれた言葉を思い出しました。生きて、仕合わせになれという言葉……そして、生きてみようという気になりました。私を助けてくれた人が、心の優しい、素晴らしい人だったからです。私の面倒を、とてもよく見てくれたばかりか、いろんなことを一緒にやらせてくれました。私はやっと仕合わせになれたと思いました。ところが、その人も、もう一人の大好きだった仲間も、死んでしまいました。私は、また独りぼっちになってしまったのです。姉上、夏はどうしたらいいのでしょう……私もあなたのところに行きたい……」

夏の父は、幕府の書院番頭を勤める武士であった。格式と体面に非常にこだわる、厳格な人であったが、妻の高乃も同様だったから、そういった意味では二人は似合いの夫婦といえた。

この二人が結婚して二年目に、男女の双子が誕生した。孝之進と寿美である。愛らしい二人の子に恵まれた夫婦は、喜びと誇りに顔をほころばせていた。

生まれたときから、この双子の体力には相違があり、孝之進が非常に強かったのにひきかえ、寿美は虚弱であった。元気溌剌として一人であちこちを這い回る息子を、両親は目を細くして見ていた。

ところが、ある日、双子を寝せつけた乳母が、ほんの僅かの間、目を離している隙に、眠っていたはずの孝之進が、寝床を抜けて這い出した。そして間もなく縁から堕ちて、沓脱ぎ石に頭を打ち付けて死んでいるのが発見されたのだった。

惨事は、両親を半狂乱にさせた。彼等が爆発させた怒りの感情は、悲しみの感情よりも強かったと見えて、即刻乳母に自害することを命じ、女中と下男を一人ずつ解雇した。

そして事件以後、その怒りの鉾先は、双子の片割れである寿美に向けられていったのであった。

「この上なく大切な男の子が死んで、生きていてもいなくてもいい女の子が生き残った。これ以上の不幸はない」

と、あたりかまわずこぼしたのみならず、そのときから寿美は、両親の恨みと侮蔑を受けながら育っていったのだった。

寿美は、両親の愛情を受けることもなく、なぜ両親が自分を憎み、邪険に扱うのかを理解することもなく、悲しみを内に秘めて大きくなっていったが、不思議なことに、とても優しい子になっていた。

新しく雇われた乳母や女中たちが、主人に隠れてかわいがってくれていたせいもあったのかもしれないが、寿美は赤子のころから、笑顔をよく見せる、人懐っこい性格を持っていたのだった。

孝之進が他界してから四年後に、夏が産まれた。

「またしても、女……」

期待に胸をふくらませていた両親の落胆は、一通りのものではなかった。

次女が姉と同様な扱いをされたのは、云うまでもなかった。しかし夏は、生まれた日から、力強い味方を得ていた。

産まれたばかりの妹を初めて見た日、乳を求めて泣く夏に近づいた四歳の寿美は、その小さな手を握りながら云った。

「赤ちゃん、泣いてはなりません。泣くことは何もないのですよ。私がついていますから。この姉さんが、しっかり守ってあげますからね」


寿美は嘘をつかなかった。

姉は、妹を深くいたわり、何かにつけて親が見せる冷たい仕打ちから守った。

些細なことで一々小言を云う母に、妹が咎められたりすると、寿美は必ず出てきた。

「それは、私がやりました。お許しください」

「それをお夏にやらせたのは、私です。妹には罪がありません」

そして、罰を自ら進んで受けた。

そんな姉を見ていた妹は、早くからその意味を理解できる聡い子だった。

夏は五歳を過ぎないうちから、役を逆転させた。

「それをやったのは、私です。姉上に罪はありません」

「姉上にそれをしてくれと駄々をこねたのは私です。罰は私が受けます」

母はそのたびに、苦りきった顔をして、

「どうしてこう、かわいげのない子ばかりを持ってしまったのでしょう」

と、悲嘆に暮れた。


寿美と夏は、二人だけでいるときは、いつも楽しい夢を見た。

「あの森の中には、おどけた狐と狸が住んでいて、化かし合いの競争をしているんですって。人がうかうか近づこうものなら、とばっちりを受けて、鼠《ねずみ》や、鼬《いたち》に姿を変えられるらしいわ」

「あの山の向こうには、白百合岳というところがあって、白く長い髭をはやした仙人が一人住んでいるの。そこを見つけ出すのはとても難しいらしいのだけれども、辿り着くことさえできれば、そのおじいさんが、いろんな望みをかなえてくれるんですって」

「じゃあ、私たちもいつかそこへ行って、鳥に姿を変えてもらいましょうよ。そして大空に羽ばたいて、思いっきり遠くに飛んでいきましょう」

「すてき、いいわ、きっとね」

また姉妹は、二人だけの秘密をたくさん持っていた。

父母に定められた稽古事に出かけるごとに、回り道をして、商家や長屋に住む子供たちと友達になったり、拾った子犬や子猫を内緒で育てたり、家では行くことを禁止されている川に下りていって友達と一緒に遊んだり、小石を拾ったりした。友達を真似て、下町の子供たちの言葉を使うことも覚えた。そうした子供たちと交じり合っているときは、とても自由になれたような気がして、二人とも心がうきうきするのを抑えることができなかった。だが、夏が家に帰っても、平気で下町言葉を口にしてしまうことが多くなり、寿美はいつも肝を冷やしながら日を過ごすようになっていた。

こうして姉妹の間には、日ごとに深い愛情が育っていき、その愛情だけが、二人の生きる理由となっていったのだった。

寿美が十四歳になったある日、夏は、泣きはらした目を隠している姉を見て、考え込んだ。二人は、どんなにつらくても決して泣かないと約束していたはずだったが、その毎日は、決して楽なものではなかった。夏は約束を守って、姉に彼女を泣かせた原因を尋ねることを控えたが、とうとうたまりかねて云った。

「お姉様、出ましょう、この家を。そして、二人だけで生きていきましょう。お願いだから、私と一緒に逃げてちょうだい」

しかし、寿美は弱々しく微笑んで、首を横に振った。

「それは私の夢だわ。そうできたら、どんなにいいでしょう。でも、私にはそんな力がないの。わかっているでしょう」

夏は黙り込んだ。寿美は、ひ弱な体質を持って生まれていた。高い熱を出したり、貧血を起こして倒れたりすることが多く、そのたびに母親がいらいらして不機嫌になるのであった。

「……どこまでもひどい人たち……」

「お夏、あの二人は、実は、かわいそうな人たちなのよ」

「かわいそう？　何てことを云うの、気でも狂ったの？」

「いいえ、凝り固まった考えの中に閉じこもって生きている、かわいそうな人たちなのよ。私たちのように、たくさんの夢や、楽しい秘密や友達も持てないで、ただ、厳格な格式と体裁だけを大切にして生きているのですもの」

夏にはわかるようなわからない話だったから、ただ、やさしく姉を抱きしめて云った。

「今に、今に、夏がお姉様を誰よりも仕合わせにしてみせるわ、本当よ。約束するから辛抱強く待っていて」

「嬉しいわ……」

姉は妹を強く抱き返した。

翌日の明け方、寿美の溺死体が屋敷に運ばれてきた。

夏の枕元に、一輪の百合の花が活けてあり、そのそばに、走り書きをした一枚の紙が置いてあった。

——お夏、あなたを一人で置いていく私を許して頂戴。もう力が尽きました。これ以上つらい思いをして生きていくのは、とても無理です。私がいなくなったら、何かが変わると思います。だから、あなたは生きて仕合わせにならなければなりません。お夏は強い子です。たくさんの力と希望があるはずです。私がどこまでも見守っていることを信じて、それを決して忘れないでください。

私のいとしい、誰よりも大切な妹お夏　寿美

騒がしい人の声に目を覚まされた夏は、ふと、傍に置いてある花と手紙に気がついた。

そして花と手紙を掴んだまま庭へ飛び出し、寿美の変わり果てた姿を見るなり、「ギャー」と叫んで、狂ったように門を走り出た。

それきり夏は、家に帰らなかったのだった。

「……そのあと自殺をしようと……？」

「いいえ。……どこをどう走ったのか、寝巻きのまま、知らないところを歩いているうちに、疲労と悲しみで、どこかに倒れていたのでしょう。人買いのような男に連れて行かれ、ある町の油屋に売られました。そこで私は毎日こき使われる生活をするようになりました。主人もおかみさんも、粗野で、優しさというものを知らない人たちでしたが、意外なことに、私は平気でした。心を深く傷つけられるようなことがなかったからかもしれません。それに、私と似たような生活をしている人や子供たちが、あちこちに数多くいることを、そこで知ったこともあります。だんだんと、自分

の力で生きていけるという自信がついてきましたが、慣れない仕事の過酷さには耐えられませんでした。何度か逃げ出して、主人を替えてみましたが、仕事のつらさは同じでした。疲れきって何度目かに逃げ出し、道を歩いていると、ある家の庭先に咲いていた白い百合の花が目に飛び込んで来ました。それを見たとたん、姉の顔が目の前に浮かんできて、知らぬうちに川の中へ入っていったのです。そしてあなたが……」

玄三郎は、言葉が見つからず、唖然としていた。

あの、僅か十歳ぐらいの子供の小さな心の中に、これほど膨大な苦悶の過去が隠されていたなどと、誰に想像できたであろう。おまけにお夏は、自分の不幸を決して誰にも語らない子供だった。

――時折この子から立ちのぼっていた暗い翳の正体は、これだったのか。

彼にはただ、かわいくて賢い、創造力の豊かな、興味深い子であったのだが、それ以外のことは、何も見抜けなかったのだ。

――やっぱり、俺はとうへんぼくだったのだ……。

玄三郎は、夕闇に包まれたお夏の美しい横顔をじっと見ていたが、やがて、その肩を強く抱き寄せた。

お夏の涙を見たのは、自殺を邪魔したとき以来のことだった。

その夜玄三郎は、半蔵という弦楽器をつくる職人の家に泊まった。

お夏は家に戻ってきて以来、親の反対を押し切って、この半蔵について琴作りを学ぶために、弟子入りしていたのだった。

「琴は、姉の大好きな楽器でした。ここで琴を作っていると、いつか姉が戻ってきてくれそうな気がして……」

「お夏さんの腕はたいしたものですよ。私も顔負けしております」

六十歳をかなり過ぎていて、老練した人間の落ち着きと、枯れた人情味を感じさせる半蔵は、玄三郎のことは何も問わずにそう云った。

そして、お夏の作った琴をいくつか見せたあと、壁に掛けてあった琵琶をはずした。

「これは、お夏さんと私の共同作品です」

玄三郎は心を深く動かされたように、いつまでもその琵琶から目を離さなかった。


翌朝、朝食を済ませたとき、半蔵は玄三郎を裏庭に連れて行った。

「……あれは……」

南天の木のそばに、小さな美しい草庵が建っていた。

草葺きの屋根は小石と草花で飾られており、小さな門構えの周りには、朝顔の花が露を受けて輝いていた。

「お夏が造ったものです。あの子にとっては何やら深い意味があるようで、悲しくなると、お夏は決まってここに入りこんで、琵琶を爪弾いていました。私は、お寿美とお夏がまだ小さかったころからの知り合いでしたから、土居家に起こった悲劇は私にとっても大きな打撃でした。お夏が帰ってきてしばらく経ったある日、私はあの子が店の前に佇んでいるのを見て、中に入って琴を弾くように勧めました。するとあの子はこう答えたのです。

『琴の作り方を教えてください。できれば琵琶の作り方も』

私は少しびっくりしましたが、ためらわずに承知しました。あの子の能力と意志を信頼せずにはいられなかったし、その願望の裏にあるものを大切にしてあげたかったからでした。土居家のほうから来た抗議は無視しました。この七年間、あの子は必死に生きてきたようです。けれども、時として、生きる望みをすっかり失いかけていたのを私はこの目で見てきました。殊に最近のあの子の様子を見ていると、何だかすぐにもこの世を去っていってしまいそうな気がして、私は不安でなりませんでした。正直なところ、あのように晴れ晴れとしたお夏の表情を見たのは、あとにも先にも昨日が初めてでした」

半蔵は嬉しそうに笑った。

「お夏を今日まで生きながらえさせてくださったのは、あなただったのですね」

「いいえ、まだその仕事は終わっておりません。これからは、それをあなたに続けてもらいますよ」

「はい、誓ってお約束します。命のあるかぎり……」

玄三郎が半蔵に礼を述べたあと、出発の用意をしている間に、旅支度をしたお夏がやってきた。

玄三郎とお夏を店の外まで見送った半蔵は、お夏との合作である琵琶を差し出した。

「これは、あなた様のものです。お夏と同様に大切にしてください。どうぞ、くれぐれもおたっしゃで」

そしてお夏を見て微笑んだ。

「これで、やっと私も安心した。仕合せになるんだよ」

お夏は、半蔵の胸に顔を埋めて泣き出した。

「何もかもありがとうございました。ご恩は決して忘れません。そして、いつか必ず蔵矢町に来てください」玄三郎は深く頭を下げた。

二人は、半蔵を何度も振り返りながら、別れを告げた。

それから相徳寺に回って寿美の墓に参った。持ってきた白菊を供えて二人で黙祷を捧げたあと、お夏が墓石に向かって長い間話しかけているのを、じっと眺めていた玄三郎は、ふと、見も知らぬ若い女性がそこに立って微笑みかけているのを見て、ひどくあわてた。

しかし、それは、となりの墓参りに来た女性であったらしく、一輪の百合を竹筒に入れると、彼に軽く会釈をしてすぐに姿を消した。

しばらくその百合の花をながめていた玄三郎は、首をかしげて呟いた。

「……白百合?」

お夏がやっと立ち上がった。

「百合がどうかしましたか？」

「今、となりの墓に生けていった人がいる」

「今どき、白百合はなかなか見つからないのに。どのお墓ですか」

「あれ？」

となりの墓石の前にある竹筒は空っぽだった。

「どうやら私は夢を見たらしい」

「いいえ、そうではありません。お寿美姉様が来てくれたのを、あなたはご覧になったのですわ」

お夏はすでに墓の出口へと歩いていた。

「ん……？」


道を急いでいた玄三郎は、急に立ち止まった。

「お夏、やはり私は、一言、御両親に断りを云ったほうがいいと思うのだが」

「およしなさい。後悔するに決まっていますから」

「いや、こうしたことは、きちんとしておかねば……」

「それほどおっしゃるのでしたら、どうぞ、お好きなように」

玄三郎は、一人で土居家の門をくぐった。

お夏の両親は、訝《いぶか》しげに玄三郎を見ていたが、その用件がわかると態度を改めた。

父親は、重々しい口調になって云った。

「何、お夏の腕を見込んで、琴を作ってほしい人がいると仰せられるかな」

「はい、そのためにしばらく、お夏様をお借りしたいと存じます」

「して、貴殿のお名前は、何と云われましたかな、藤田……」

「藤田玄三郎と申します」

「まあ、お武家様でいらっしゃいますのね、何という光栄でございましょう」

母親は満面に笑みを湛えて、にじり寄るように膝を進めた。

「いえ、ただの大工です」

高乃の顔から笑いが消えた。

「それは……その、とても良いお話なのですが……その……何せ、今ちょうど、あの子にいくつかの婿養子の縁談が持ち上がっておりまして、残念なことに、家を離れさせることは無理な状態でございますの」

そう云って高乃は、手を口に当てて、ホホホと笑った。

「そうでしたか、よくわかりました。それではこれにて失礼つかまつります」

玄三郎は一礼をして立ちあがると、見る間に廊下から消えた。

門の陰では、お夏が声を殺して笑っていた。

「では、行くか」

「うん」

——お夏が「うん」と云ったぞ。それだけ、それだけが大切なのだ。

玄三郎は、お夏の手を取ると、胸を張って勢いよく歩きだした。


「お夏は別れを告げなくていいのか」

「手紙を残してあります」

「詫び状か」

「いえ、とんでもありません。私を追ってきたら、即座に私は姉上のところに行くという脅《おど》しの手紙です」

お夏は、蔵矢町にいたころの笑いを取り戻していた。


数日して、二人は玄三郎の長兄夫婦の家に着いた。

皆の歓迎を受けて、しばらく滞在した二人は、何度も墓へ参って手を合わせ、父と兄の冥福を祈った。目を閉じるたびに、そこに浮かび上がる二人の顔が今、なぜか微笑みを浮かべているのを見た玄三郎は、心の内で問うのであった。

——私たちが生き残ったことも、こうしてお夏と不思議な巡り逢いをしたことも、彼岸のどこかで出会ったに違いないお須美さんと宋念殿、そして父上と仲二郎兄さん、あなた方の導きがあったからではないのでしょうか……。

玄三郎は、自分が愛するこれらの人の深い情を通してやっと今、宿命というものの奥に秘められた条理らしきものの閃光を、はっきりと見届けることができたように思った。

——信頼して生きていこう……。

やがて二人は、見送ってくれた家族の皆に、近々戻ってくることを誓って、蔵矢谷へ旅立った。

お夏と玄三郎は衣川の河原に立って、そこに蠢く人々を見ていた。しばらくして、ゆっくりと喧騒の中を分けて入り、土手に座り込んだ玄三郎は、目を閉じて、先に来たときに始めていた平家物語の続きを、よどみなく語りだした。河原はたちまちのうちに静まり返った。

ふと、いつも彼の聞く宋念の琵琶の音が重奏になっていることに驚いて目を開けると、離れて座ったお夏が、やはり目を閉じて、静かに楽器を奏でていた。瞬間、言葉につかえてしまった彼の耳に、

「語りは泣くもんじゃねえと何度云わせるんじゃ」

という、聞き覚えのあるしゃがれ声が届いてきた。

河原を離れようというときになって、お夏の姿が消えた。

「相変わらずだな」

一旦静まっていたのに、たちまち元の喧騒を取り戻していた河原の真ん中に再び腰を下ろして玄

三郎は苦笑した。

お夏はその間、河原で右往左往している人の間を縦横に駆け巡ったあげく、一人の男の前で立ち止まっていた。自分の顔を穴の開くように見つめる若い女性がいるのに気づいた男は、ちょっとひるんで考えてから、思い当たったたように云った。

「ああ、琵琶弾きのお嬢さんでしたな。めっぽうきれいな音で、私は感動して涙が出ましたですわい」

そのとき、割れた鍋に水を入れた女がやってきて、お夏を見たとたんに鍋を落とした。

「お夏、お夏ちゃんではないの？」

お夏は声をあげて泣きながら、女の首に抱きついた。

それは七年前、死にかけていたお夏を拾って介抱してくれた夫婦だった。


とうとう腰を上げてお夏を探し始めた玄三郎は、しばらくしてやっと彼女の姿を見つけ出した。お夏と手を取り合って話している夫婦を見た彼は、それが誰であるのか、すぐに見当がついた。別れを惜しんで、彼らから離れきれないでいるお夏を見ていた玄三郎は、近づいて行って、夫婦に一言何やら云った。夫婦は、一言何やら答えた。

それからの道中は、四人になっていた。

一行が三つ鷺川に沿って蔵矢町に近づいたとき、夕闇を通して古寺の鐘が聞こえてきた。

「ああ、何といい音《ね》だ……」

玄三郎が立ち止まって、感無量の面持ちで耳を傾けていると、お夏がそっとつぶやくように云った。

「そう、あれは、祇園精舎の鐘……」

「ふむ、そうだ、諸行無常の響きなのだ……」

玄三郎とお夏は、微笑んで、やさしく目を見交わした。

霧の音

夕暮れの地面をうすく覆っていた霧が見る間に濃くなったかと思うと、遠くに見えていた鎮守の森がたちまち不透明な白い海に呑まれ、高く伸びた木々の梢だけが、その上に、小島のように浮かび始めた。

海はそれから、重量のない津波のように速度を加えてこちらへ突進してきた。

視界から物のかたちが消えたとき、茅《かや》は待ち構えていたように立ちあがり、さながら水中を進むようにゆっくりと草の上をすべり出した。

深い霧の中は別世界だった。何も見えず、誰からも見られない、けれど不思議な息吹に満ちた秘密地帯がそこにはあった。

茅は九歳になったころから、霧がかかると、必ずその中に姿を隠すようになった。そして十七歳になった今でもそれは続いていた。

茅は歩く。ときどき不意に現れる木の枝に、顔や手をピシピシと打たれて傷ついても、それを避けようともせず茅は歩く。

「たや……。父様、母様、隼人兄様……」

顔を覆う小さな水滴が、涙に交じり合って雫となり、頬を伝って落ちていく。

「……どうしてもわからない、なぜ私だけが生きていかねばならないのか」

憤りにかられたように歩を速めた瞬間、草の上をすべって転んでしまった。地面に両手をついて起き上がろうとした茅の目は、そのときふと、そばの石の下から顔を出している小さな薄紫の野菊の上に止まった。じっとりと濡れた畦道に膝をついたまま、茅はそれをながめた。

「いつもこうなのだから……こんな花でも健気に咲いているのだから勇気を持って生きなさい、とおっしゃりたいのでしょう。こんなちっぽけな花をおとりにして、そんなかけ引きは、むしが良すぎます」と激しく抗議しながらも、その手はいつしか野菊をやさしく撫でていた。

やがて涙を拭って立ち上がったとき、顔の前に突き出ていた木の枝に、熟れた柿の実が二つ、今にも落ちそうに重く揺れているのが目に入った。日の通らない霧の中で、それはつやつやと光っていた。

「まったくいつも……いいえ、その手には乗りません。私はもうすぐあなたたちのところへ行くのです」

茅は、荒々しく柿を一つもぎり取ってかぶりつきながら笑い出した。

霧は一向に晴れる様子が見えなかった。再び泳ぐように霧の中を彷徨いだした茅は、ふと立ち止まった。前のほうで人影が動いたような気がしたからだった。

「今どき誰だろう」

茅は影に近づいた――と思ったが、そこには誰もいなかった。

「確かに誰かがそこに居たようだったのに……気のせいだったのかしら」

歩きだした茅は再び足を止めた。霧の隙間に、今度ははっきりと、黒い影が見えた。

すらりと伸びた長い影だった。

「男の人だわ。こんなところで何をしているのかしら」

惹きつけられたように茅の足は影を追っていた。けれど、彼女が近づくと、それはふっと消え、立ち止まると、更に距離をおいてその姿が浮き上がる。だがそれは、茅がいつも霧の中で見ている幻の父や母の影とは違って、確かに現実の人間の影だった。どうやらその人は鎮守の森の方角へ向かっているらしかった。茅はいつのまにか夢中になってそのあとを追っていた。

しかし、神社の境内に着くころには、影は蒸発したように消えてしまっていた。

「不思議なこと。今まで見たこともない人のようだわ。この山奥に何をしに来たのかしら」

茅はつぶやきながら、手の中で潰れてしまっている柿の実を捨てて、指をしゃぶりながら家へと向かった。

「あらあら、すっかり濡れてしまって。風邪をひいてしまいますよ。困ったお嬢様です。何度申し上げても霧の中でのお散歩を止めてくださらないのですから。さあ、すぐにこれに着替えてくださ
い」

「……ありがとう。文」

文は心配げに茅を見つめると、用意してあった着物を差し出した。茅が部屋から出ていくと、炉の傍に座っていた夫の伊兵衛が柔らかく云った。

「そっとしておいてあげな。何度も云うようだけれども、それが一つの療法だと思って気にしないことさ」

「はい。そうでしたわ」

素直に答えた文の目は、しかし宙に迷い始め、ろうそくの炎のあたりで止まると、じっと動かなくなった。もういい加減によそうと思っているのに、文の頭の中に、十一年前の出来事がまたしても甦り、絵巻のように繰り広げられていった。


ろうそくの炎が揺れていた。そこは主人の娘、縫の部屋だった。六歳になったばかりの文の娘、茅は寝床の中で苦しそうに喘いでいた。

「ばあや、たやは治りますね、きっと治りますよね」

茅の手を握って離そうとしない小さな縫は、ベソをかきながら云った。

医者と文とその夫、伊兵衛の顔を代わる代わる忙しく眺めながら、縫は苦しい笑顔をつくった。

「きっと治ります。たやと私は、またお縁の下にもぐって遊ぶの。高い塀も越えて……」

縫は突然言葉をとめて、目を大きく見開いた。茅が何ともしれない声を出して長く息を吸い込んだからだった。

文が茅にかぶさるように倒れ込み、絞るような叫びを発して泣き出すと、医者も伊兵衛も顔を隠してしまった。

「なぜ泣くの、ばあや。ばあやのバカバカ、泣いてはいけません。たやはね、いたずらをしているの。ほら、眠ったふりをしているの」そう云うなり、縫は文を乱暴に押しのけて、必死に茅を抱き起こそうとした。そして動かないその顔に頬をくっつけると、

「たや、さあ、もうやめて。目を開けて。意地悪しないで。わたし、今日、たやの大好きなひょっとこ踊りをたくさんたくさん踊ってあげるから、さあ、たやったら」

と叫びながら茅の体をめちゃくちゃにゆさぶった。

いつの間に入ってきたのか、縫の母、市が静かに近寄ると、茅をゆさぶり続けている子供を抱き上げた。そして赤子をあやすようにその背中を軽くたたいて鎮めながら、文の傍に座った。

「文、伊兵衛、あなた方の気持ちを察します。つらいわね。私にできる事があったら何なりと云っておくれ」

「ありがとうございます、お方様」文と伊兵衛は、頭を深く垂れた。

市は娘を抱いたまま、優しく揺り動かしながら廊下へ出た。とたんに縫は母の首にしがみついて、震えだした。

「たやはもう目を覚まさないの？　たやはもう私と遊ばないの？　たやはもう……」

その言葉は次第に号泣にかわっていた。

「よしよし、悲しいね。たんと泣くがいい。悲しいのは私も同じです」

いつまでも終わろうとしない子供の泣き声が少しおさまるのを待って、市は云った。

「今日、縫は父様母様と一緒に眠りますか?」縫はしゃくり上げながら、頭を大きく上下に振った。

そのとき、玄関のほうが急に騒がしくなった。人の怒鳴る声と叫びが、ただならぬ喧騒の中から上がってきた。そのうち「上意じゃ」という声とともに、廊下を走る数人の男の荒々しい足音が聞こえてきた。

音の正体を探るように耳を傾けていた市の顔が蒼白になった。そして、とっさに縫を腕から降ろして云った。

「縫、逃げるのです。どこかへ隠れるのです。あなたは得意でしょう? 私が呼ぶまでじっと隠れていなさい。決して出て来てはなりません。さあ早く」

強く背を押されて、縫は、暗い庭に飛び降りると、素早く床の下にすべりこんだ。

そのとき、市は廊下を曲がってきた黒い影が数人、夫のいる部屋になだれ込んでいくのを見た。

「あなた!」

市は走った。そして気が狂ったようにその中に飛び込んでいった。

黒い人影は、間もなく部屋から出てきて、更に廊下を走りながら、一つひとつの部屋の戸を開け放った。

「残るは娘だけだ、娘を探せ!」

「ここだ!」

黒い装束の男が三人、縫の部屋にずかずかと入って来た。

「何か御用でございますか」冷たくなった茅を前にして座っていた文が静かに尋ねた。

「その子は津川の娘か」

「はい、いかにも。それがどうかいたしましたか」

「上意討ちだ、観念してもらおう」そう云って、男の一人が刀を振り上げようとしたとき、文は厳とした声で冷たく云い放った。

「その必要はございません。縫様は、はやりの病にかかられて、今しがた息をひきとられたばかりでございます。お疑いでしたら、ご自身でお確かめになるとよろしいでしょう。それとも上意討ちと申しますのは、死んだ子供までをも斬るのでございましょうか」

ややたじろいだ男は、かがんで茅の手に触れて脈を調べたあと、子供の口や胸にぴったりと耳を当てていたが、

「よし、手間が省けた、ひけ！」と叫ぶと他の者たちを従えて駆け去った。


いかなる罪を犯すこともなく、縫の父津川貴之《たかゆき》は、家族と共にその日、この世から葬られた。家老の位置を略奪しようとする甥の奸計《かんけい》に、あっさりと落ちたのだった。

しばらくして、縁の下から這い出して両親の部屋の前まで行った縫は、そこに折り重なって息絶えている父母と、健気に剣を握ったまま仰向けに倒れている兄の無残な死体を見てしまった。声ひとつ上げることもできず、そこで意識を失って倒れていた縫は、すぐに乳母夫婦の住んでいた離れ

に運ばれて隠された。津川の娘が生きていることを誰にも知らせてはならなかったのだ。

ひっそりと行われた主人一家の葬儀が終わった日の夜、文と伊兵衛は四人の骨壺を持って、文の実家のある山へ縫を連れ去った。


そこは津川家のあった御津から北へ遠く離れた苫野《とまの》という山村だった。

苫野は、よく霧がかかることから、霧野と呼ばれることのほうが多かった。文の父はそこで庄屋をしながら、百姓をしていた。年老いた両親は娘夫婦の話を聞いて深く心を痛め、彼らを温かく迎え入れた。そして自分等と一緒にいつまでも村で生活するよう切望した。

縫を連れて逃げてきた文も伊兵衛も、二度と山を下りるつもりはなかった。有能で誠実な者が簡単に抹殺され、陰謀が罷《まか》り通るばかりか、卑怯なかけ引きで成る武家社会を見てしまった二人は、そんな世界に心から辟易としていた。庄屋の広い畑地を耕すには、人手がいくらあっても足りないほどだったから、二人はためらわず鍬《くわ》を握った。


文と伊兵衛が仕えていたのは、津川貴之という譜代家老で、まだ三十八歳の若さだったが、家老だった父のあとを継いでその重要な職を任されていた。

貴之は仕事が非常にさばけることで皆の目を引いていたが、何より、彼の明朗で善良な性格が、周りの者の敬愛を一身に集めていた。

あまり安定しないそのころの世情の中で、藩主を助け、美作《みまさか》地方の安泰に大きく寄与していた人物は、外ならぬ貴之であった。彼の能力を高く評価していた藩主、関一成《せきかずなり》は当年三十六歳、かなりの人望があったが、陰気でむら気な性格を持っており、自分の周りから人を遠ざける存在だった。だから貴之が仕事のみならず、剣の術に長けていて、そのほうでも城内外の注目を集めていることが目につくにつれて、一成は貴之を煙たがるようになっていった。年齢のあまり違わない、溌剌とした家老の存在が光を放つことによって、主人である自分の価値が損なわれていくように思えて面白くなかったのだった。江戸出仕を終えて帰って来るたびに、一成は日ごとに気難しくなっていき、貴之の仕事を褒める代わりにけなし、欠陥を探しては叱りつけた。つまり嫉妬である。

ちょうどそのころ、貴之の甥にあたる兼利が、貴之の地位を奪う陰謀を企んでいた。

死んだ先代家老、つまり貴之の父は、自分の後継ぎとして、虚弱な長男正之の代わりに、健康で有能な次男の貴之を選んだ。

それを恨み、家老の席を乗っ取ろうとしていたのが、長兄の息子の兼利であった。彼は、いく人かの家来と共謀して、莫大な金額にのぼる横領の罪を捏造《ねつぞう》して貴之に押し付け、藩主に報告した。

折しも一成は、貴之の人気に我慢できなくなっていたばかりか、彼を追放する理由が見つからなくていらいらしていたときだったから、非常に喜んだ。兼利の報告書をろくに調べもしないで、彼は自ら上意書を書き、兼利に与えたのであった。

だが、津川家が潰されて間もなく、江戸からの検使が地方を巡回して来るという報が入って、藩主はあわてた。そのころ、幕府は外様大名たちの勢力が強大になることを防ぐため、些細なことでも理由さえ見つければ、簡単に廃藩を取り決めていたからであった。罪も無い家老を、裁くこともなく死に送った事実が発覚すれば、改易の理由として取り上げられることは充分考えられた。一成は急遽、上意書を隠滅させた上、その事件が兼利一味の謀略だったとして裁き、即刻彼らを切腹させた。

陰謀を企てた兼利が果てたのは、貴之の死後、半年も経っていなかった。

文と伊兵衛は、文字通り自然の中に戻っていた。慕い続けた津川家の三人と、幼くして運なく病に倒れた我が子は今、霧野の土に眠っていた。

そしてこの美しい自然こそが、生き残った小さな縫の胸に焼き付いているに違いないあのおぞましい日の映像を取り去ってくれるよう祈りながら生きていたのだった。

縫はあの日から、かたく閉じた貝のように、口を利かなくなっていた。

空《うつ》ろな大きい目を宙に向けたまま、じっと動かない日がいつまでも続いた。ものを云わぬばかりか、何を話し掛けても聞こえないようだった。

縫の半身ともいえる大切な友の茅がこの世を去ったというだけで、大変な衝撃であったのに、その同じ日に、自分の愛する家族を失い、しかもその無残な死に様を見てしまったのだ。子供でなくても気が狂ってしまうだろう。宿命と云いきるには、あまりにもひどい廻り合わせであり、それまでの仕合わせな生活を思い返せばなおのこと、信じ難く受け入れ難いことだった。

文と伊兵衛は、縫を一人生き長らえさせてしまい、苦しめているのが自分たちのせいであるかのような気がして、申し訳なく思うことが何度もあった。だからなおのこと、縫が不憫で、たまらなくいとおしかったのだった。

霧野に来て以来、縫は茅と名を変えられて、庄屋の孫娘として育てられた。庄屋は村人たちとの往来が多い。どんなことから縫の素性が明るみに出るかわからなかった。そうなれば、彼女の命が危険にさらされることは必至だったからである。

文の家族は勿論のこと、そこで働く男女、そして村人たちは、皆茅をかわいがった。どんな反応も示さない子供に向かって、あきらめず、根気よく話し掛けた。

そうして三年の月日が経ち、茅は九歳になっていた。


その日は朝から眩《まぶ》しいような太陽が照り輝き、早春独特の爽やかな芳香が霧野の野に漂い始めていた。

茅は、縁側に腰を掛けてぼんやりと、目の前に広がる景色に顔を向けていた。

けれど、そのうちふと思いついたように地面に下りて、庭の隅へと歩いて行った。

そこでは弥助が、かがんで何かをしていたのである。

弥助は庄屋に引き取られた村の子で、茅より四つほど年上だったが、いつも前かがみになって顔を隠しているので年よりはずっと小さく見えた。

というのはその顔のちょうど半分ぐらいが、やけどの跡で覆われていて、醜く引きつっていたからであった。それを見る者は、初めてでなくても、思わず目をそらしてしまうほどだった。

彼が二歳にもなっていなかった年の冬、気の狂った母親が、自分の家に火をつけて、子供を道連れにして焼死をはかった。そのときに負ったやけどのせいだった。

燃える家に飛び込んで、二人を連れ出すことに成功した村の者たちが、母親の腕から子供を奪い取っている隙に、母親は再び家の中に飛び込んだ。

勢いを増した炎がそのとき、折からの風にあおられて、梁と屋根を同時に崩し、火の粉を上げて女の上に落ちていった。

庄屋の嘉平と妻よしは、その哀れな母親を、小さいころからよく知っていて、大層可愛がっていた。彼女は、村一番きれいでやさしい娘だった。その娘は、両親が相次いで他界したころ、どこで知り合ったのか、ある侍と恋仲になり、やがて子供が出来た。しばらくすると相手の男は、娘を捨てて、どこかへ姿をくらました。

おそらく、娘は絶望と恥と怒りに狂ってしまったのであろう。珍しい話ではなくても庄屋夫婦は胸を痛めた。そして子供の弥助を引き取ると、自分たちの子供であるかのように慈《いつく》しんで育てた。

しかし弥助は、もの心がつき始めたころから殆どものを云わなくなり、人目を避けていつもどこかに姿を隠すようになっていった。

けれど意外なことに、そのうち、馬や牛の世話をする爺さんの手伝いを、自ら進んでやるようになったのである。無口なのは少しも変わらなかったが、熱心に家畜の面倒を見る弥助は、時として楽しそうに見えることさえあった。

そして今では、馬屋の傍に、庄屋や、馬屋の爺さんの助けを借りて自分で建てた小屋で寝起きするようになっていた。

——動物たちが、弥助の顔を見ても驚かないことが、彼を救っているのかもしれない——そう思って庄屋夫婦は彼の好きなようにさせておいた。

そんな細やかな愛情を持って彼を見守っていた養父母は、ある日、弥助が暗いうちから起き出して、畑仕事も手伝うようになっていたことに気づき、深く胸を打たれていた。

茅が弥助の顔をまともに見たのはごく最近だった。出会いがしらに顔が合い、狼狽した彼が思わず顔を隠そうとしたとき、茅が少しも驚いていないのに気づいた。

——ああ、そうか。見ても見えないのだ。

安心して茅を見やった瞬間、その目が笑いかけてきたように思えて、彼は大いにまごついたのだった。

縁から下りてきた茅は、かがんでいる弥助のそばに立って、彼のやることをじっと見ている。

「何をしている」

弥助はびっくり仰天して、顔を隠すのも忘れて茅を見上げた。初めて聞く茅の言葉だった。彼女がてっきり、唖だと思っていた彼だから驚くのも無理はなかった。しばらく間を置いて、茅の問いを思い出すと、いつもの弥助に戻って、ボソッと答えた。

「種を蒔いとる」

「何の種か」

「花」

「何の花か」

「わからん」

「蒔くと花が咲くのか」

「多分」

「蒔いてからどうすればいい」

「朝夕、水をかける」

「それだけか」

「待つ」

「そしたら花が咲くか」

「いや……」

「どうしたら咲く」

「…………」

「どうしたら咲く」

「……かわいがる」

茅は、しばらく考え込むように黙っていたが、やがて手の平を拡げて差し出した。

「私も一粒欲しい」

弥助はいくつかの種を、その手のひらに乗せてやった。

「ありがとう」

そう云うと茅は手をしっかり握りしめて走りだした。そして、庭の反対側の隅に行くと、手で土を掘って、種を一粒ひとつぶていねいにその中に入れ、弥助のやっていたように、そっと土をかぶせた。そのあと家の中から茶碗に水を入れて持ってくると、でくの坊みたいに突っ立って茅のほうを見ている弥助のほうをちらちらと見ながら水をかけた。

翌朝、いつものように、暗いうちから目を覚ました弥助が小屋を出て来ると、その前で待っていた茅とぶつかりそうになった。茅は黙っていきなり手を差し出した。

「ん?」

「花の種」

「もう無い」

弥助は茅がひどくしょんぼりとしてしまったのを見て、あわてた。

「あとでやる」

「きっと？」

「うん」

茅は安心して母屋へ戻った。朝食が済むと、茅は昨日種を蒔いた場所へ行ってかがみ込み、地面を見つめたまま、じっと動かなかった。しばらくすると、身を捩るように屈めて顔を隠した弥助が近づいて来た。

「ほれ」

茅の手のひらに、昨日のものとは違った色の、小さな粒がいくつか乗った。

「ありがとう」

茅が手で土を掘り始めると、小さなすくい鍬がポトンと落ちてきた。振り向くと、足早に遠ざかる弥助のかがんだ背中が揺れて見えた。


茅が口を利き始めたことは、まだ他の誰も知らなかったが、彼女の様子が変わってきたことには皆気づいた。朝早くから一日中、庭の片隅にかがみ込んで、じっと土を見ている茅の目は、もう空ろではなかった。

「茅、何をしているのですか」

ある朝、文は野菜のはいった籠を運びながら茅に近づいて行って尋ねた。

返答など期待していない、今まで通りの質問の仕方だった。

「種を蒔いた」

文は、思わず抱えた籠を落としそうになった。息が止まるかとさえ思った。

聞き違いではない、縫様が話された、縫様が答えられた。驚きと感動に突然突き上げてくる叫びを、ぐっと押さえながら、文はさりげなく続けた。

「何の種ですか」

「花の種じゃ」

「まあ、何の花でしょう」

「知らぬ」

「種をどこで見つけましたか」

「弥助にもろうた」

それっきり、茅はまた、黙り込んで土を見ている。

文はそっと庭を離れて母屋に入ると、炉端《ろばた》で縫い物をしている母のところに駆け込んだ。

「縫様が、縫様が話されました。治られたのです。もう大丈夫に違いありません」

「ほう、そうか、そうか、よかったのう。よかった、よかった」老いた母は目に涙を浮かべ、顔中をしわだらけにして喜んだ。文はそれから、畑で仕事をしている夫に報告するために息を切らして走った。

伊兵衛は嬉しそうに、

「そうか、やっと……」と頷いた。

「もうすぐ三年になるな」

「はい……」涙をそっと拭っている文を誘うようにして、伊兵衛は近くの木の下に座った。

木の枝には、小さな若芽が頭をのぞかせており、畑地のあちこちに浅緑の葉が萌えていた。


やがて二人の胸の中に、「たや、たや」「たま、たま」という愛らしい声が響き始めた。勿論たやとは茅のこと、たまとは、ういたま、つまり縫様《ぬいさま》の省略形である。二人は、ちゃんと言葉が話せるようになっても、舌足らずで呼び始めたお互いの呼び名は修正しなかった。

その二人が、いつしか文と伊兵衛の目の前を、声を上げて笑いながら、走って通り過ぎて行った。

庭の手入れをしていた伊兵衛は叫んだ。

「その木に登ってはなりません。折れやすいからと、何度も申し上げたはずですよ」

「たや、はやく」

「うん、よいしょっと」

二人が上手く木に攀《よ》じ登り、誇らしげに枝の一つに並んで腰かけたとき、バリッという音がして、枝は見事に折れ、縫と茅は地面に墜落した。あわてた伊兵衛が駆けつける前に、子供たちは起き上がって、「いたい、いたい」と頭や尻を撫でながら、びっこを引きひきどこかへ走り去っていた。

庭師の伊兵衛は、がっくりと首を垂れた。そして、枝の折れた木を睨み付けながら、いまいましそうにつぶやいた。

「お前はなぜこうも脆いのだ。たかが小娘の一人や二人、支えきれなくてどうする」

縫と茅は、殆ど同じ日に生まれた。文が縫の乳母になってから一年ほど過ぎたある日、縫は屋敷内で茅を見かけた。それから縫は「たや、たや」と茅を求め、茅は「ういたま、ういたま」と縫様を求めた。縫の母、市はためらわず二人を一緒に遊ばせるように計らった。そればかりか、離れることを承知しない二人の寝食を、縫の部屋で共にさせた。

二人は、双子のように性格が似ていて、そろって女の子らしからぬ傾向を持っていた。人形や玩具に興味を示すことは殆どなく、部屋にじっとしていることも少なかった。

そして、二人して絶えずどこかを探検、冒険していた。幼いうちは、屋敷内をちょろちょろと走り回り、あちこち見て回るのが好きだったから、乳母や、お付きの者は、はらはらしながら一日中、二人のあとを追いかけ、夕方になると疲れきって、夕食をとるのも忘れて寝床に倒れ込むといったことが多かった。

大きくなるにつれて、縫と茅の行動は「津川の山嵐」という異名を貰うほど活発になってきた。もう誰も二人のあとについて行ける者はいなかった。

子供たちは広い敷地内を隈なく物色して廻っているかと思うと、床の下にもぐったまま、いつまでも出てこなかったり、庭の木に登って、葉っぱの中に隠れ、そのまま終日下りてこなかったり、ついには高い塀を乗り越えて、隣の屋敷の庭に忍びこむか、町内の知らない道に迷い込んだりした。そんなふうだったから、姿を消した二人を探し出すのは容易ではなかった。やがて界隈に次ぎのような触書が廻ってきた。

「揃いの着物を着た、草鞋ばきの五歳くらいの女子二人、奇声を上げて徘徊していたら、ただちに津川家に連行されたく、よろしくお頼み申し候」

町人たちも心得ていて、

あなたのくれたかんざしをオオ
恨みをこめて、恨みをこめて捨てまするウウ
七夕の笹流るる川にイイ
どうせ私は流れ星
牽牛夢見て消える星イイイ

と、町のどこかで聞き覚えたはやり唄を、声をはりあげて歌う二人の子供をそれぞれ背中におぶって、よく津川家の門をくぐったものだった。

屋敷の庭では、おとなしく遊ぶこともあった。

秋から初冬にかけて、楓《かえで》の美しく紅葉した葉が落ち始める。二人はその葉っぱが大好きだった。

いつしか縫と茅は、その枯れ葉を残らず集めてきれいに重ね、床の下に貯蔵するようになった。

庭の落ち葉を焼くために、枯れ葉を掃き集める伊兵衛は、庭の東側に数多く植えられている楓の木のあたりまで来ると、裸になっていくその枝を見ながら、楓の落ち葉が見当たらないことを不審に思い、首をかしげるという、おかしな場面が見られた。

床の下に忍び込んだ泥棒が、夥しい楓の枯葉の上を歩いてしまい、音を聞きつけられて捕まったという逸話もあったが、そんなことにもお構いなく、二人は毎年、せっせと楓の葉を集めては床の下に運ぶのであった。

だが、おとなしく遊ばないこともあった。

この幼い山嵐が庭の池に近づくと、鯉と、鯉の世話人の与吉が錯乱状態に陥った。

縫と茅は池を囲んで向かい合って立ち、餌を持った手を水の上に差し出す。当然その下に鯉が集まる。すると二人は手を差し伸べたままで、池の周りを走り出すのである。鯉は餌を追って必死に泳ぐ。なるほど、群れをなして移動する色とりどりの鯉の動きは見事な美しさである。縫も茅も夢中になって走る。その間与吉は、運動過剰の魚の健康を気遣って、青くなったり赤くなったりする。だから、どちらかが転んだり、ボチャーン、という音に続いて「プアーッ、プアーッ、お水飲んじゃった」などという声が聞こえたりすると、ほっとして胸をなでおろす。やっと鯉の休息が約束された音である。そして与吉は嬉しそうにいそいそと駆けつけ、子供を助け起こしたり、池の中から引き上げたりするのであった。

主人貴之の側近たちは、縫と茅の姿が見えると、すっと物陰に隠れた。見つかったら最後、「おじさん、一緒に遊ぼう」と両方から襲撃を受けて、子供にならって木に登らせられたり、床の下に引き摺り込まれたりするからであった。

縫の母がそれを見咎めて、きつく叱ってからは、災難は六歳年上の縫の兄、隼人一人にかかってきた。だから隼人は、足繁く剣の道場に通い、勉学に励んで、なるべく彼女等の目につかないように心掛けていた。


そんなわけで、子供の着物を繕ったり洗ったり、下駄や草履の鼻緒をすげ替えたり、毀《こわ》れた木履を貼り合わせたりする者は、休む暇がなかった。始めのころは、すべて新調されていたのだが、状況を見合わせた市は、それをぴたりとやめて修理戦法に切り換えた。しかし、つぎはぎだらけの着物は、山嵐たちから大いに気に入られていた。

ある日、二人は、屋敷に毎月炭を運んでくる爺さんを捕まえて尋ねた。

「お前の履いているものは何じゃ」

「これですか。これは草鞋《わらじ》ですよ」

「わらじ?」

翌日から二人は草履と木履を捨てて、わらじに履き替えた。

縫と茅の活動がその日から、より活発になったのは云うまでもなかった。

傷を負ったり、打ち身による痣をつくったりするのは日常茶飯事のことであったが、それが重かろうが軽かろうが彼女等には、医者も薬も無用であった。一人がけがをすると、もう一人がその傷をペロッと舐めて、おしまいだった。

打ち身がひどくて片方がびっこをひけば、もう一方も相手の痛みが治るまで、共にびっこをひいた。いわば同情療法である。効果は満点のようであった。

津川家の山嵐は、みんなに好かれ、可愛がられた。

というのは、この山嵐は二人とも、見かけによらず優しい心根を有していたからだった。例えば、使用人の誰かが病んで寝込むようなことがあったりすると、必ずそれを嗅ぎつけて、どこからかきれいな花を摘んでくると、毎日病人の部屋の入り口に置いて逃げていく。また、何らかの理由で、沈み込んでいたり、泣いていたりする者があれば、後ろからそっと近づいていって、両方から手を握り、優しく撫でるのである。

小さな温かい手に慰められて、当人がふと目を上げると、ひょっとこの面と、おかめの面が、横でひくひく動いている。思わず吹き出すと、それが本格的な笑いに発展してしまうまで、二人はヒョコヒョコおかしな踊りを踊って、また、どこかへ消えて行くといった具合だった。

だから、皆にとって、この一風変わった津川家の名物は、何物にも代え難い宝であった。たまに芝居見物などに連れ出されて、縫と茅が留守をすると、家に仕える者は皆、一応ほっとし、やれやれと思うのだったが、それは決して長く続かず、やがて何となく落ち着かなくなり、次いで仕事が手につかなくなって、子供たちが帰宅してその声が聞こえるまで、不機嫌に、むっつりと黙りこんでしまうのだった。

二人はよく笑った。その愛らしい笑い声は、津川家全体の生の源動力であり、平和の象徴でもあった。

だが、ただ仕合せで、仕合せだけを周りに振り撒いていたこの子供たちを、運命は打ち砕いた。生き残った縫は、最も残酷なかたちで粉砕されたのだった。


けれども、三年経った今、この霧野で奇跡が起ころうとしていた。縫が息を吹き返そうとしていた。いや、かすかだけれど、もう吹き返していたのだ。

文と伊兵衛は嬉しさに胸が詰まるようだった。仏に向かって手を合わせ、涙ながらに感謝しただけではまだもの足らず、誰にでもいいからお礼が云いたかった。

縫は、彼等が心から慕った主人の大切な子でありながら、自分たちの子、茅でもあった。二人の子供を切り離して考えることは決してできない夫婦なのであった。

「あら、私、うっかりして、こんなに長いこと座りこんでしまいましたわ」

あらぬほうに目を向けて、まだ、遠い日々に想いを巡らしている夫の手を優しく握りながら、文は立ち上がった。太陽はすでに頭の上に来ていた。

それから六日が経った。畑から弥助が帰ってくると、待ち構えていたように茅が走ってきて、その手を引っ張って庭の隅に連れて行った。そこで茅は目を輝かせると、誇らしげに地面を指さした。そこには小さな若緑の芽があちこち顔をのぞかせていた。

弥助は「ふむ」と頷きながら、盗むように茅の顔を見てつぶやいた。

「……茅が笑った」

小粒の芽はそれからぐんぐん伸びて、葉をつけていった。そしてある日、牛の世話をしていた弥助は、何かが馬屋に飛び込んできたと思った瞬間、外に曳きずり出されていた。茅が布子の袖を、ちぎれるほどめちゃくちゃに引っ張っているのだった。そのまま弥助は、庭の隅まで連れて行かれた。茅が指さしたところには、一輪の白い花が美しく咲いていた。茅は、弥助の胃のあたりに顔を埋めると、嬉しそうにぐいぐい頭を押し付けて、抱きついた。そして彼を見上げて叫んだ。

「咲いた。花が咲いた」そして声を上げて笑った。

それは可憐な白菊だった。

文も伊兵衛も、爺さんも婆さんも、それから順々に馬屋の爺さん、雇われている百姓たちも皆引っ張られて来たが、花を見るよりも、茅の笑顔に見とれた。文は夫の背中に隠れて泣いた。

白菊は、その日の合図を待っていたように、翌日から次々に花を開かせた。茅はもう自分の花畑を離れようとしなかった。幾日も待たないうちに、今度は違った種類の花が咲いた。矢車菊だった。茅はその澄んだ青い色と微妙な花びらの集まりを、貪るように終日見て過ごした。津川の屋敷の内外で、たやと一緒に花を摘んでいたころには気づくことのなかった自然の不思議に、茅は初めて触れていたのだった。

そのころからだったろう。茅が吸いこまれるように霧の中に入っていくようになったのは。雨がひどく降らないかぎり、毎日茅は自分の花畑で時を過ごしていたが、そのうち、あたりに頻繁にかかる深い霧に、初めて気がついたようだった。それからは、霧がかかると、花畑からじっとそれをながめるようになった。

目の前に遠く延びる畑地は、周りの木々と共に、一面の霧の中に姿を隠していた。秋も深まったある日、茅はその中に足を踏み入れた。霧の中はひんやりとしていて心地よく、しっとりとした空気が茅を包んだ。

——何も見えない。誰にも見られない……私は独り。

そう呟いたとき、茅は云い知れぬ安堵感と哀しさを覚えた。

「たや……」

あの日以来、初めて口にした懐かしい名前だった。自分のその声を聞いたとたんに、茅は泣き出した。

「母様、父様、兄様……」

霧の中に深く分け入りながら、茅は声を上げて泣いていた。涙はいつまで経っても止まらなかった。

「たや、母様……」

突然、茅は息を止めて目を見張った。

霧の中に一つの顔が浮かび出たからだ。まぎれもないたやの顔が、目の前で嬉しそうに笑ったのだった。

「たや！」茅が思わず叫んだとき、ゆっくりと顔は消えていった。

茅は唖然として、立ち尽くした。しばらくして我に帰り、足を踏み出そうとしたとき、どこからか一枚の枯れ葉がひらりと舞ってきて、茅の足元にふわりと落ちた。

それは美しく紅葉した楓の葉だった。茅はその葉を手にとって、咽び泣いた。

「そこにいるのね、たや……。私のたや……」

ひとしきり泣いたあと、涙を手の甲で拭い取ると、泣き笑いの声で、しかしはっきりと云った。

「わかった……わかったわ、たや」

茅は枯れ葉を大事そうに持って家路についた。

その日から、霧がたちこめると、茅は必ずその中に姿を消すようになった。

優しい母の笑顔を霧の中に見たのもそれから間もなくであった。父も兄もそれに続いた。

霧の中で、茅は泣き、そして笑った。駄々をこねたり、拗ねてみたり、怒ってもみた。そして、そこから出てくるごとに、茅の顔は、少しずつ明るく晴れやかになっていったのであった。

元気になってきた茅を見た文は時を移さず、ある日、話をもち掛けた。

「少し、読み書きを習う気はありませんか」

「誰に？」

「お寺で和尚さんが、村の子供を集めて教えています」

「寺にいくのか」

「はい。私がお供します」

「文も習うのか」

「いいえ、そういうわけではありませんが、お一人では心細いかと……」

「供はいらぬ。私は弥助と行く。弥助も習うのじゃ」

「それはいい考えです。すぐに弥助に話してみましょう」

そういって弥助のところに行った文は、困ったような顔をして戻ってきた。

「弥助は厭だと申しております。きっと人前に出ることが……」

「わかった。では私も行かぬ」

茅は、もう何と云っても、後へは引かなかった。文と伊兵衛は和尚に相談した。

和尚は庄屋の家まで教えに行ってもいいと云ってくれたが、足の不自由な老人にそこまで望めないことは、二人ともよく知っていた。

結論として、茅と弥助だけは、村の子供たちとは別の時間に、寺で教えてもらうことになった。翌日から昼前に一とき足らず、寺での勉強が始まった。寺は、村を通り過ぎて一丁ほど行ったところにあった。茅はそこへ行くのに遠回りをして、小さな野道を取って歩いた。後ろから仕方なくついてくる弥助のために、村を通ることを避けたのかもしれなかったが、結果としては、それはむしろ茅のために選ばれたかたちになった。茅は野道に入ると、奇声を発してそこここに咲いている草花から草花へと飛び廻った。

「この花はなんという?」

「野菊」

「これも菊というのか」

「菊の種類は多い」

「これは何」

「萩」

「これは」

「桔梗」

「きれい」

「ふむ」

「これは？」

「寺に遅れる」

「わかっている。これは何か」

「知らん」

寺への往復時は大体こういうふうに過ぎて行った。

こうして二人は和尚の教えを受けるにいたったが、どちらも意外なほど真面目な生徒であった。だから読み書きを覚えるのに時間はかからなかった。やがて冬になり、霧野が雪に閉ざされるようになったころには、二人とも和尚のくれた本を何とか読めるようになっていた。

茅は本に飽きると、文の母に教わりながら、竹や縄で籠を編んだ。春になったらどの籠にも花をいっぱい入れるのだと云った。

というのは、茅の植えた花が枯れてしまったころ、しょんぼりとしている彼女を見た伊兵衛が約束したことがあったのだ。

「冬が過ぎて雪が溶けたら、また花を植えますか」

突然茅の目が輝いて、頭が何度も上下に振られた。

「花、花、花。いっぱい花を植えるのじゃ」

「では種を手に入れてきましょう」

茅は毎日辛抱強く、雪が溶けるのを待った。

庭のぬかるみが目立ち始めたころ、伊兵衛は畑地の一部を茅に与えて、いろいろな種や球根を、詳しい説明を加えながら、茅の前に広げた。茅は、庭師の言葉を一言も漏らすまいと、一心に聞いていた。

太陽の光が暖かさを伴って来たころ、茅は一人で土を起こし始めた。そして種や球根が、時期を追いながら、次々とその中に消えて行った。茅はわき目もふらず、花畑の手入れに熱中した。赤く燃えるようなその唇から、ときどき自分に云い聞かせるような呟きが洩れていた。

「待つ……」

「かわいがる……」


春が来ると、自然は茅が予想だにしなかったほどの美しさをもって、彼女の情熱に応えてくれた。水仙から始まって、あやめ、百合、金盞花、鳳仙花、種々の菊、それに、まだ小さかったけれど、牡丹と芍薬が咲いた。見事に咲いた。茅はどうしてもそれらの奇跡が信じられない様子で、魂を奪われたように、その華麗なる神秘に見入っていた。

新しい花が開くたびに、茅はまず、弥助を引っぱってきて見せ、彼が「ふむ」と頷くと、この上なく嬉しそうな顔をした。

ある日、伊兵衛が畑の中に入ってきて、顔をほころばせて茅を褒めた。

「たいしたものです。毎日の努力が実を結びましたね。よくやりました。素晴らしい」

茅は、まばゆいように目をしばたくと、深くため息をついて云った。

「夢のよう……皆、伊兵衛のおかげ。ありがとう」


茅の花畑は年ごとに豊かさを増していった。そこに咲き乱れる花の美しさには、目を瞠《みは》らせるものがあった。とりわけ牡丹《ぼたん》と芍薬《しゃくやく》の見事さは譬《たと》えようがないほどだった。

やがて庄屋の家には、町から花を買い求めに来る人たちの姿が見られるようになったが、茅はそんなことには目も向けず、ただ花を作り、育てることにだけ熱中していた。

伊兵衛に与えられてだんだん大きく拡がっていった花畑とは別に、茅はまた、庭の隅の花畑も拡げていった。そこは、茅が弥助から貰った花の種を、初めて植えたところだった。

茅と弥助は、三年ほど寺通いを続けていたが、その折に茅は、行き帰りの野道で見る可憐な草花の種を弥助にねだったり、自分で移植したりしていたのである。従って、庭の隅には野生の草花が、ところ狭しと蔓延《はびこ》っていた。

朝顔、蓮華《れんげ》、あざみ、きんぽうげ、ひなげし、彼岸花、野菊、桔梗《ききょう》、菫《すみれ》、露草、ぺんぺん草などであった。

伊兵衛はある日、その草花の中にかがみこんで彼岸花を指でなぞりながら独り言をいっている茅を見た。

「お前がこんなに、こんなに美しいのは、神様がこの中に住んでいるからなのか」

そのうち野菜畑の周りには喬木《きょうぼく》、灌木《かんぼく》も植えられて、山茶花《さざんか》、石楠花《しゃくなげ》、紫陽花《あじさい》、つつじなどが目につくようになっていった。

また、小手毬《こでまり》の花が咲いたとき、茅はいつものように弥助を引っ張ってきて云った。

「この花は何という」

「小手毬」

「違う。これは、仕合わせの花という。霧の中から生まれたのじゃ」

そう云って茅は、白い花のついた小枝を手折って弥助の布子の襟元に差込み、もう一枝を自分の髪に挿して、あははと笑った。


茅の花畑を訪ねてくる人が増えてきて、花を売ったお金がたまってくると、文はそれを、茅の嫁入り仕度のために取っておいた。茅の年の若さにもかかわらず、文がそんなことを考えるようになったのは、彼女の美しさのせいかもしれなかった。

茅は成長するにつれて、驚くほど綺麗になってきた。黒い大きな目と、ふっくらとした頬、花びらのように愛らしい口、それに、均整の取れた体は、健康に息づいていた。

村や町から来た若者たちが、茅を見ようと庄屋の家の周りをうろつき始めたのはそのころからだった。

鎮守の森のあたりで消えて行った人の影は、その数日後、再び霧の中に姿を現した。

茅は今度も跡をつけて行ったが、やはり同じように見失った。三度目にその影を見たとき、茅は思い切って森の中まで入っていったが、長い間彷徨《さまよ》ったあげく、誰にも出会うことなく帰ってきた。

影は、規則的に現れることは決してなかった。

長身のその人は、勿論おぼろげな後ろ姿でしか見えることがなかったし、たまに横顔が見えても、はっきりせず、すぐに霧に消された。けれど、それが若い男性であることは、日ごとに歴然としてきた。

茅の存在を知っているのかどうかはわからなかったけれど、茅を煙に巻いて喜んでいる様子も見えなかった。ただ、捉えようのない影だったのだ。

茅は、その人の通りそうな場所に先回りをして行って待つこともやってみたが、そんなときには誰も現れなかった。

やがて茅は、ひょっとしたら、この人も自分と同様に、この世を去ったいとしい人たちに、霧の中で会っているのかもしれないと思うようになった。そしてそのときから、影を追い回すことを止めた。そっとしておいてあげようと心を決めたのだった。

けれど、謎の姿を追っているうちに、茅の中では、今まで知らなかった不思議な変化が生じていた。その人の影がどこか身辺に浮き上がるたびに、茅の心は震え出し、体中が燃えるようにほてるのを抑えることができなかったし、ひっそりと静かな姿が遠ざかると、哀しさと切なさに身がさいなまれる思いがするのであった。

そのうち、茅の頭の中に、少しずつ未知の若者の顔が描かれていった。

やがて知らぬ間に、それは一つの形をとって完成した。――濃い眉、涼しい目もと、一文字に結ばれた口。どこか淋しそうな笑みを浮かべている表情――。

「きっと、こんな人に違いないわ」

茅は、自分が描き出したその人に、いつしか激しく想いを寄せていたのだった。

追い回すことをやめてからも、茅はしばしば、霧の中で現れては消えていく彼を見た。そうした幻想的な出会いは一年以上続いた。

そしてある日――。

その日の霧は、もう殆ど日が暮れてからやっと、しかし、にわかにたち始めた。そしてそれは、ことのほか密だった。足元すら見えないくらいの濃霧は、茅の目や口を塞ぎ、進むことを妨げた。息のできない苦しさに、家に戻ろうと歩を返した瞬間、茅は、はっとして立ちすくんだ。

――誰かがいる。そこに……私のそばに……。

茅は麻痺したように、身動きができなくなった。と同時に、恐ろしい勢いで鳴り始めた自分の胸の鼓動を聞いた。

——あの人だわ……間違いなくあの人……。

どのくらいそうやって立ち尽くしていたのか知れなかったが、茅はふと、相手の息遣いが、はっきり手にとるように聞こえたように思えて、ぎくりとした。確かにその息は乱れて、だんだんと荒々しくさえなっていく。

茅は喘いだ。

「貴方は一体どなた？　なぜ……なぜ姿を見せてくださらないの……」

そう呟いたとき、霧の中の人は、肌に触れそうなまで近く寄ってきて、そっと茅を抱くように両手を広げたのだった。茅は吸いつけられたように、その腕の中に身を委ねていった。が、そのとき、小さな音がして足元の枯れ枝が折れた。すると、霧が大きく揺れて、かすかな足音が乱れ聞こえたかと思うと、人の気配は素早く遠のいて行った。

茅の傍には、もう誰もいなかった。まだ熱くほてり続ける肌を通して、その不在を感じ取ったとき、茅は、がっくりとくずおれた。

乱れた息を鎮めるように、しばらく闇夜の畦道に座り込んでいた茅は、やがて、汗と涙にぐっしょり濡れた顔を拭うと、立ち上がり、ふらふらと家に向かって歩き出した。

木枯らしが吹き、冬が訪れると、濃い霧は殆どかからなくなった。ただ、家の庭から一目で見渡せる畑の向こうには、鎮守の森が薄い紫色の霞《かすみ》に煙って見えた。

茅は深い雪が霧野を覆うようになるまで、毎日一人で森までの畦道を所在なさそうに徘徊した。あの日以来、茅の慕う若者は、二度と霧の中に姿を見せなくなった。けれど、その影は茅の胸から消え去ることがなかったばかりか、日に日に強く乙女の心を占領していったのである。

——いつか出逢えるわ。あの人は必ず私を迎えに来る。そして二人は今に、きっと結ばれるに違いないのだわ……。

茅の胸は、ひそかな希望にふくれていたのだった。

雪が溶けると、茅は花の仕事にかかりきりになり、畑を離れることがなかった。最近目に見えて美しくなってきた茅は、ますます周りの者の目を惹くようになった。次々と咲いていく花に囲まれて微笑む茅を見る者は皆、そこにあでやかな花の精がいるのではないかと疑った。縁談を持ち込む人も急に増えてきた。だが茅は、話を聞こうともしなかったし、花から目を離そうともしなかった。

縫の父、津川貴之の無実が証明されたことは、かなり以前から文や伊兵衛にも知らされていた。茅はその話を聞かされた日、何も云わずに、ただ頷いただけだった。その後、文が名前を元の縫に戻すように申し出ると、茅は頭を横に振って云った。

「私は茅のままでよい。私の素性は誰も知る必要がない」そして悲しそうに加えた。

「茅は、あの世に縫を連れていった。現世の縫はこうして茅と連れだっているのじゃ」

水仙の花が開いて、春の馥郁《ふくいく》とした香気を四方に放っていたある日、近くの村からよくやって来る文の妹、加代が来て、皆を花見に誘った。山を大分下りたところに桜の名所があることは誰でも知っていた。花の満開時には、美作からは勿論のこと、遠くは備前からも人を集めるという桜園だった。

それほど見事な桜だから、一度は茅にも見せたいと思っていた文と伊兵衛は、茅が思いのほか簡単に誘いに乗ったことを喜んだ。

「桜」と聞いた茅の心の中には、幼いころ、両親や文夫婦に連れられて、たやと一緒に行った花見の楽しい思い出が、鮮やかな絵となって甦っていたのであった。

微風が快い翌朝早く、弁当と筵を携えた村人たちと連れ立って、茅の一家は山を下りた。門を出て、何気なく家のほうを振り返った茅は、「あら?」と云って立ち止まったが、そのとたんに足を踏みはずしてのめり、転がってしまった。そばにいた村の娘たちは、あわてて駆け寄り、茅を助け起して着物をはたいた。

「まあ、肘から血が出ていますよ、すぐに手当てをしなければ――」

「いえ、何でもありません。ほんのかすり傷です」

「大丈夫ですか、しっかり前を見て歩いてくださいよ」

「……はい、うっかりしていて」茅はぼんやりと答えた。

午を少し過ぎたころ、一行の目の前に桜園が開けて見えてきた。聞きしに勝る桜であった。満開の桜を支える木々の下に入ると、薄桃色の花に照らされて、顔も着物も、にわかに明るく映えた。

茅は息を止めて、我を忘れたように見とれた。力いっぱい咲き誇る、数限りない可憐な花が一体となって、目くるめくような天蓋を生み出し、声の無い美の賛歌を謳《うた》っているように見えた。時として、ちらほらと花びらが散ってくると、感動で張りつめた茅の心の弦に触れ、はじけたように、涙がほとばしり出てくるのであった。

両側から絡み合う枝も青い空もすっかり隠してしまうほどの花の饗宴を見上げながら、茅は夢見心地で歩いていた。

しばらくして、村の一行とはぐれてしまったことに気づき、周りを見回した茅は、そのとき初めて、そこに大勢の花見客がごった返しているのを知った。花見客は皆、茅の美しさに驚いたように彼女に道を開き、遠巻きにしていたせいで、人ごみの中でも難無く進めたのだが、そんなことには気づかぬ茅は、あわてて元来た道を足早に戻って行った。

歩きながら、ちらほらと散ってきた花びらに、思わず手を差し延べて受け止めようとしたときだった。茅は何かに打たれたように立ち止まった。

頭を巡らせて、自分を止まらせた原因を探ってみたが、何も見つからなかった。

思い直して前を向いた瞬間、茅の目は、二、三本先の木の陰から、じっとこちらに向けられている一対の目にぶつかった。

「あっ……」茅は愕然として、目を瞬いた。その眼差しは長身の若い武士のものであった。

「あの人だわ！」

太い眉、美しい目もと、通った鼻筋……。それはまさに、茅が日夜、心に描いてきた恋しい人の顔そのままだったのだ。茅は、突然顔から火が出るような感覚に襲われ、あわてて目を閉じた。

「でも、まさかそんな偶然があるはずがないわ。花の美しさに酔って、おかしな幻想が生まれたのに相違ない」

そう自分に云い聞かせて、そっと目を開けて見ると、若者の目は依然として茅の上にじっと注がれたままで、少しも動いていなかった。そしてその顔はまぎれもなく、茅が夢にまで見た霧中の人物のものであった。

驚きと狼狽に、為す術を知らず立ちすくんでいる茅から目を離さずに、やがて、若い侍はゆっくりと歩き出した。そして茅のすぐ近くまで来ると、

「見事な桜ですね」

と云って、優しく微笑みかけると、軽く会釈をして通り過ぎて行った。

茅の胸は、はちきれそうだった。そのまま息が止まってしまうのではないかと思った。

——霧の中の人が、やっと白昼の光の中に姿を見せてくれた。それも咲き乱れる桜の下に。端正

なその顔、すらりと伸びた肢体。何もかもが、茅の心の中に生き続けていた通りの姿だった。

「あら、茅さん、そこにいらしたのですか。随分探しましたよ」

加代の声にびっくりして、茅は夢から覚めたように振り返った。

「さあ、お食事にしましょう。皆待っておりますよ。お腹を空かしてね」

茅は大人しく加代のあとに付いて歩き出した。が、いくらも進まぬうちに、今度は木の下に敷いた筵の上で、多数の男女に囲まれて笑っているさっきの侍を見た。彼はまたしても、待っていたかのように、眼差しを茅に向け、彼女の動きをじっと追った。

茅は村のみんなが楽しそうに食事をしたり、おしゃべりをしたりしている間中、黙り込んだままだったが、文も伊兵衛もさして気にとめなかった。

茅にとっては初の外出が、彼女を少し怯えさせているのだろうと考えていたからだった。

気の済むまで花を観賞したあとで、日の暮れないうちに家路につこうと、皆が腰を上げたとき、茅はうろたえた。

——あの人とは、もうこれっきり逢えないのかしら。どうしょう。

けれども、雲を掴むようなその出逢いに、茅自身どうやって対処していいのかわからなかった。

茅は重い心を抱いたまま、皆のあとについて霧野へと向かったのだった。

花見の日から十日も経っていなかった。

文と伊兵衛は、ある侍の訪問を受けた。侍は、半ときほど話して帰って行った。

そのあと、文と伊兵衛は落ち着かなかった。訪問客は備前の新見藩主の甥である戸田十蔵の使いであることを前置きして、茅のことをいろいろ尋ねに来たのだった。勿論、茅の意志を尊重して、伊兵衛夫婦は縫の素性を明かさなかった。あくまで、茅は彼らの娘として通した。

しかし、こうして茅のことを根掘り葉掘り尋ねられると、その理由がなくても、また新しい危険が縫の身に迫ってきたのではないかと不安になってきた。

そしてその数日後、戸田十蔵から茅への結婚の申し入れが届いたときは、ああ、そういうことだったのかと、ほっとして二人は胸を撫で下ろした。

それまでにも、茅を嫁に貰いたいという話は、城下からも何件かあったが、皆、茅に簡単にはねつけられていたから、今回もそうなるだろうと、誰もが考えていた。

だが、その申し出のあった二日後に、目を瞠るように立派な、戸田十蔵という若い武士がやって来たときには、伊兵衛夫婦はかなり動揺して、花畑にいる茅のもとに走った。

茅はその若侍を一目見るなり顔色を変えた。そして例になくひどくまごついて、文にぴったりとくっついて座を取った。

伊兵衛は簡単に訪問客の意図を茅に伝えた。身体の震えを必死に隠そうと、相手の顔も見ずに、目を伏せたまま聞いていた茅は、やっとの思いで答えた。

「しばらく考えてから、ご返事させていただきます」

そして、心の中で叫んだのだった。

——やっと来てくださったのね。私を連れに来てくださったのね。お待ちしておりましたわ。

十蔵は、桜の下で見せたのと同じ優しい笑みを浮かべて、素直に「わかりました」と答えると、帰っていった。


その年の六月、迎えに来た戸田の家の者や文夫婦、数人の村人たちに付き添われて、茅は霧野に別れを告げ、十蔵の妻となるために、山を下りた。

瀟洒な戸田の屋敷に着くと、待ちかねていた十蔵が現れて、嬉しそうに茅を招き入れた。茅は頬を赤らめて、もうすぐ夫となる人のあとに従いながら、その背中に熱のこもった眼差しを投げかけた。そしてふと呟いた。

「あら……」

「どうかしましたか」

十蔵が振り返った。

「い、いいえ何でも……」


それは婚礼の式を翌日に控えた日の早朝だった。茅が一人でいるのを見計らったように、一人の男が、音もなく庭から忍び込んできた。そしていきなり茅の前に両手をついてひれ伏すと、悲痛な声で云った。

「縫様、どうぞお願いでございます、十蔵との結婚をお取り止めください。貴女様のためでございます。どうか苫野へお戻りください、悪いことは申しませぬ。どうぞこの婚礼をお見合わせくださりませ」

その顔は真剣だった。目には涙さえ浮かんでいた。

「失礼ですが、貴方様はどなたでいらっしゃいますか。なぜそのようなことをおっしゃいますの」

「申し訳ありません。申し遅れました。私は十蔵の兄、戸田公蔵《こうぞう》でございます」

「兄上様……がいらしたのですか。存じませんでした。でもどうして……」

「今、わけを話している暇はございません。弟は私をひどく警戒しております。もし私がここに来たことがわかれば何を為出《しで》かすかわかりません、ここに私の住所が書いてございます。今日中に必ずおいでになってください。お待ち申しております。お願いでございます。手遅れにならないうちに、今日中に必ず……」

そこまで云うと、人の気配を感じたのか、小さな紙切れを茅に押し付けるように渡すと、逃げるように庭の植え込みの中に走り込み、姿を消してしまった。

あっけにとられて、しばらくぽかんとしていた茅は、やがて我に帰って微笑んだ。

——きっと私のほかに、あの方を慕っている女性がいるのかもしれない。その方をあわれに思って、兄上様はああしたことをおっしゃったのに違いない。勿論、十蔵様はあのようにきれいな方だから恋慕う女の人が何人いても不思議はないわ。……でも、変だわ、確かにあの人は、私のことを縫と呼んだような気がする。一体どういうことかしら……。

そのとき文が、朝食の用意ができたことを知らせに来た。食事のあと、婚礼の衣装を合わせたり、家の使用人に紹介されたりしているうちに、茅は公蔵のことをすっかり忘れてしまっていた。

婚礼の式も祝祭も終わって、初めて十蔵の腕に抱かれたとき、茅はそっと囁いた。

「貴方様でしたのね。あの霧の……」

「そうだよ」

「……随分長いことお待ちしておりました」

「私は大して待たせなかったつもりだけれど」

「そう云われてみれば、そうかもしれません……」

二人はやさしく微笑み、燃えるような手と手を絡め合った。

その夜、茅は霧の夢を見た。なぜか、独りで深い霧の中を彷徨っている夢だった。

間もなく十蔵は、毎日午近くに起きると、城に仕えるため出かけるようになった。

「仕事などする必要はないと云われているのだけれど、そういうわけにもいかないからね」

帯刀を手伝う茅に、十蔵は笑いかけながら云った。

「お気をつけて行ってらっしゃいませ」

春から夏にかけては、霧野からときどき花が届けられた。茅が植えていた牡丹や芍薬、百合も紫陽花もあった。茅はその花を生けながら霧野を想った。

――霧……あの霧がなぜこういつまでも恋しいのかしら。父様や、母様、兄上、たやの顔が見られないからかもしれない。でも私は知っているわ、縫は、いつでもあなたたちと一緒だってことを……。

嫁いで間もなく十蔵は同僚を家へ招いて皆に茅を紹介した。料亭からは酒や豪華な料理と共に、かなりの数の芸妓も繰り出してやって来た。十蔵にまつわりついて戯れる女たちは、茅をもそっとしておかなかった。

「ひどい方ね。私の十さんを取り上げてしまうなんて、殺したいほどだわ」

「十さんはきれいな人と見ると、決して放っておかないんだから。もっとも、貴女ほどの美人なら負けても仕方がないけれどね」

「山で花を植えていたんですって？　玉の輿ですわね、ほほほほ」

「はい、玉の輿ですわ。ほほほほ」

茅は澄まして答えた。

酒がいい加減入ると、賑やかな唄が始まり、芸妓たちが踊りだした。十蔵は面白そうに手拍子をとっていたが、他の芸妓たちが茅にからんでいるのを見ると、大声で怒鳴りつけた。

その隙に茅は座敷から抜け出し、広い庭に下りていった。

間もなく十蔵が後を追ってやってきたが、茅の姿はどこにも見つからなかった。

酒宴は明け方まで続き、皆がひきあげてしまったころ、十蔵はあちこち探した末に、ちゃんと自分の部屋で、安らかな寝息をたてて眠っている茅を見つけて苦笑してしまった。

――さっきここを探したときは、てっきり誰もいないと思ったが。また酒のせいか。少しはめをはずしすぎたかな。そう呟くと十蔵は茅の側に倒れ込み、そのふっくらとした小さな手を握ったかと思うと、たちまちいびきをかき始めた。

翌日、昼過ぎに十蔵が起き出してくると、茅が、爽やかな美しい笑顔を見せて、庭を歩いてやってきた。

「おはようございます。よく眠れまして?」

「まあね、少し飲みすぎたようだ」

「お体にさわらないよう、お気をつけあそばせ」

「お前はああした酒宴は嫌いなようだね。勿論あれは馬鹿騒ぎでしかないのだが」

「私は山育ちでございますから、慣れていないだけですわ。そんな楽しみ方が好きな方もたくさんいらっしゃいましょうし、それはそれでよろしいのではないでしょうか」

「慣れたいなら今度、素敵な店に連れて行ってあげよう」

「慣れたいと申し上げた覚えはございませんわ。早合点なさらないで」

二人は声を上げて笑った。

庭の木の葉が色づき始めたころから、茅は霧の夢を頻繁に見るようになった。しかも、深い霧の中には、依然として十蔵の影が揺れていた。そして茅が近づこうと努力すればするほど、影は遠のき、ついには必ず消えてしまうのであった。

——おかしな私。人の夢というのは、それがかなえられると、実現しなかったころを懐かしく思うものなのかしら。それともこれは私がまだ成長しきれないでいることの証《あかし》なのかもしれない。

茅は目を覚ますたびに、夜に見た霧の夢を恥じていた。

十蔵が留守の間、茅はよく庭に下りていった。家の者には、庭の一部に花壇を作る計画を練っているのだと云っていたが、彼女が庭を歩いているのを見るのは稀だった。茅はそこで、決まって姿を消すのであった。終日消えたままのこともしばしばあった。

広い庭を囲ってある生垣を西北に辿っていくと、手入れの行き届いていない灌木のひと群れがある。その後ろに隠れてはいるが、生垣の壊れた部分があり、そこを抜け出ると、さほど大きくはないが、楡《にれ》やぶなの林が続いていた。林を出ると、見渡すかぎり拡がる枯れ野原があった。その中に、毀れかかった東屋《あずまや》のような小屋が、丈の高い雑草に埋もれるようにして建っていた。茅はそこに陣取って、草花を眺めたり、遠くの山を見たりするのであった。この場所に初めて来たのは、茅の婚礼に参列するために来ていた文や伊兵衛たちが引き上げた日の翌日であった。

——霧野はきっとこの方角だわ。

茅は霧野のある山が遠くに美しく霞んで見えるその場所が好きだった。目を閉じて夢を見ることもあったし、ものを書くこともあったし、そこいらを駆け回って一人で遊ぶこともあった。


すっかり色づいた木の葉が落ち始めたある日の夜、茅は例のように霧野の夢を見た。深い霧の中を彷徨っていた茅は、その中に再び十蔵の影を見た。しかしその影はどんどん遠ざかって行くのだった。茅は何やら叫びながら後を追って走った。叫んだつもりだったのに、声が出なかった。走ろうとしても足が自由にならなかった。茅は絶望し、泣いていた。けれど、茅は諦めようとしなかった。どんなことがあっても、その影に追いつかねばならないことを知っていたから、全力をあげてもがき、叫び、宙を蹴った。

茅は自分の泣き声を聞いて目を覚ました。体中がじっとりと冷たい汗で濡れており、涙が頬を伝っていた。声を抑えて泣きじゃくりながら、茅は床の上に起きて座った。横では、十蔵が静かな寝息をたてていた。

——私ったら、どうかしている。頭がおかしくなったみたいだわ。十蔵様はちゃんとここにいらっしゃるのに。

くすっと笑ってから、汗をふき取り、再び身体を横たえ、目を閉じた。眠ろうと努力しているうちに、自分の描いていた十蔵の顔と、実際の十蔵の顔が重なり合い始めた。

そして茅は低くつぶやいた。

——重ならない……——目……目が重ならない……大きな淋しそうなあの目……そして、口……一文字に結ばれたあの口……あのたくましい広い肩……。

茅はそっと目を開けてとなりを見た。そして、暗い行灯の光を受けて、息をするたびにかすかに動いている豊かに盛り上がった十蔵の赤い唇をじっとながめた。


雪がちらつき始めたある夜遅く、十蔵は腕と腿に、刀の切り傷を受けて、四、五人の男に抱えられるようにして、家に逃げ込んできた。驚いて駆け寄り、夫を迎えた茅は、彼のぎらぎらと光る異様な眼差しと、取り乱した姿を見て、ただならぬ事態を感じ取っていた。十蔵は男たちを見張りとして外に立たせ、茅と使用人を皆払うと、呼びつけた医者だけを部屋に入れた。医者の帰ったあと、十蔵が茅を呼んだときは、彼の顔つきは、すっかりもとに戻っていた。

「辻斬りに会ってね、財布をまるごと持っていかれたよ」

「お命に別常がなくて何よりでございました。傷は痛みますか」

「たいしたことはない。すぐに治ると医者は云っていた」

茅の熱い看護が効を奏したのか、十蔵はひと月もしないうちに快癒し、普通に歩けるようになった。

しかしそのことがあって以来、茅の心の中にいつの間にか忍びこんでしまった得体の知れない恐怖は、忘れていた過去を呼び起こしていた。

それまでは考えることもなかったけれど、自分が平和な山を離れて、再び物騒な世界に身を置いてしまったことに、やっと気がつき始めていたのだった。

冬が終わりかけると、茅は言葉通り、庭に花を植え始めた。菖蒲、菊、百合、牡丹などであった。手際のよい、しかも心のこもった茅の仕事のやり方を、若い庭師は驚きと尊敬をもって、じっとながめていた。

春のきざしが感じられるころには、もうその庭には、花の蕾が顔をのぞかせていた。早咲きの花が美しく開いて、皆の心を浮き立たせていたころ、茅は姿を消したり現れたりして家の者たちを煙に巻いていた。

そんなある日、茅は一人の若いきれいな女性の訪問を受けた。明らかに武家育ちの娘であった。

「茅様とおっしゃいましたわね」

「はい」

「私、紋と申します。突然伺ってびっくりなさったでしょう。単刀直入に申し上げましょう。私は十蔵様の許婚者だったのです。いいえ、ご心配なく。あの方を取り戻そうとして参ったわけではございません。ただ、ご忠告に伺っただけなのです」

「……忠告?」

「ええ、ご主人は当時、ご自分のことを新見藩主の甥と称して、私に云い寄られたのです。婚約がなされたあと、それが偽りであることが判明いたしました。勿論私も家族も婚約を破棄いたしました。もし、貴女様がそれをご存知なく結婚なさったとしたら、これからのために、何かの参考になるかも知れないと思って参りましたのよ。そのほかにも、ご主人に関する、いろんな疑わしい噂の話をしてさしあげられればよろしいのですが、今日は、これから行くところがあるものですから、残念ですが、これで失礼させて戴きます」

と、云いたいことだけを云うと、さっさと帰っていった。

茅は、十蔵が藩主の甥であるかどうかなどとは、考えてもみなかったし、彼女にとって、そんなことはどうでもいいことだったから、「ご丁寧に」と深くお辞儀をして紋にお礼を云ったあと、その訪問のことをさっぱりと忘れてしまった。

その夜、茅はまた、霧の夢を見た。だが、その霧の中には誰もいなかった。茅はたった独りで泣き泣き彷徨っていた。目が覚めてからも、しばらくは慟哭がおさまらなかった。運良くその日、十蔵は足が立たないくらい酔って帰ってきていたから、少々の音では、目を覚ます恐れはなかった。

茅はそっと起き出して、庭に下りていった。

美しい十六夜《いざよい》の月を見上げているうちに心の動揺が少しずつおさまって来た。

「ああ、不思議だわ。霧の……霧の音が聞こえる。一斉に退《しりぞ》いていく霧の音がする……なぜ……なぜ私はこんなにも悲しいのだろう？」

いつしか足は独りでに動き出し、林を抜けて、草原の東屋へと進んでいた。

小屋に辿り着いたとき、突然茅は眩暈を覚え、たとえようもなく不愉快な気持ちになった。ついでそれは嘔吐となり、身体の中の臓腑がすっかり出てしまうのではないかと思われるくらい吐いた。あわてて家へ帰ると、井戸水で手と口を浄めたあと、そっと寝床の中にすべりこみ、身体の震えを持てあましながら、眠ろうと努めた。

自分の身体に変化が起きていることを、茅は一種の驚愕を持って知覚した。わけもなく怯えた。そして、自分の中に、小さなもう一つの生命が育ち始めていることを知ったとたんに、それまで、いつもどこかへ押し遣って、見ないようにしていた疑問の数々が、答えのないままに、一つひとつ顔を出してきたのに驚いた。

——知らなければ……。この子のために。

茅は、食べた物をことごとく戻すようになり、ついには殆ど何も食べられなくなっていった。

「おめでたでございますね」使用人たちは皆、嬉しそうに微笑みながら、あわてることもなく、弱った茅の面倒をよく見た。

やつれた茅を見た十蔵はびっくりしていたが、わけを聞いて大層歓び、いくらか安堵したようだった。茅は優しく笑って云った。

「大丈夫です。ご心配なく」

けれど、茅は日ごとに痩せていった。つわりというものを知っている家の者たちも、次第に心配し始めていた。

そんなある日の午後、茅が庭に下りようとしていると、いきなり十人ほどの男たちが屋敷になだれこんできた。茅は恐ろしい力で突き飛ばされ、庭に落ちたが、その際、縁の下に置かれていた石に強く背中をぶつけ、そのまま起き上がることもできず、地面に転がっていた。

顔を隠した盗賊どもは家中の者を一ところに引き摺って行くと、まとめて縛り上げ、それから家の中を隅から隅まで引っ掻き回して何かを探していた。しばらくすると、「もうよい、退け！」という、押し殺したような声が聞こえ、盗賊たちは、たちまち風のように姿を消してしまった。

死んだような静けさが家の空気を支配し始めたとき、茅はやっとの思いで起き上がると、皆が縛られているところまで這いずるようにして行き、縄を解いた。

「栄吉、急いでお城まで行っておくれ。十蔵様に報告してお連れするのです」

茅と仲のいい庭師は、もう飛び出していた。

茅は、ひっくり返された家の中を見て回っていたが、突然、下腹部の激痛に襲われ、叫び声を上げて座り込んだ。

その日、茅は自分の中で息づき始めていた小さな命を失った。すでに深く愛し、茅の心の支えになっていた分身に見放された。

賊にかき乱されていた部屋の一つが大急ぎで片付けられて、そこに寝せられた茅は、医者を待って自分を取り巻いている女中たちのすすり泣きをぼんやりと聞いていた。目を閉じて、うとうととと眠り込んでいると、いつの間にか母があらわれて茅を抱き上げた。そして優しく揺り動かしながら囁いた。

「よしよし、悲しいね。たんと泣くがいい。悲しいのは私も同じです」

茅はふとんを顔の上に引き上げて咽び泣いた。

十蔵を迎えに行った栄吉は夕方になってやっと、一人で帰ってきた。茅の身に起こったことを知ると、怒りを爆発させた。

「畜生、殺してやる。殺してやる！」

まだ三十歳にもならない庭師は、異常に興奮していた。茅は他の者を部屋から退かせて、栄吉が落ち着くのをじっと待った。

「それで？」

「お城では、誰も戸田十蔵などという人は知らぬと云うのです。藩主様の甥だと申しますと皆に笑われました。私はそれを、不案内な者の云うことと決め付けて、時間をかけて、いろんな人に尋ねて廻りました。けれど戸田様がお城にいらっしゃらないことは、ほぼ確かなようでございます」

「もうよい。ごくろうだったね。少し休むといいでしょう。栄吉、このことは、しばらく私とお前だけの間に留めていてくれますね」

「おっしゃるまでもございません」

その夜、十蔵は真夜中を大分過ぎてから帰宅した。かなり酔っていたせいか、家が荒らされていることには気づかないようだった。茅は医者の飲ませた薬が効いたのか、「お帰りなさいませ」と呟くように云っただけで、眠り続けた。

翌日になって、十蔵は、茅から盗賊のことを聞いて眉をしかめた。しかし、やがてにやりと笑うと、「なに、奴等に見つかるものか」と、低く独り言のように云った。

「何がでございますか」茅は不審そうに尋ねた。

「いや、何でもない、つまり、家の財産は安全なところに置いてあるといいたかったのさ」

「貴方様はそんなにたくさんの財産をお持ちですの？」

「いや、たいしたことはない。けれどこうして、盗賊などに襲われる場合のことは、誰でも考えておく必要があるのだ」

「用心深いのですね。でも、昨日は金銭は盗られませんでしたのよ」

「間抜けな盗賊もいたものだ。ところで身体の具合はどうだ？　顔色が良くないようだけど」

茅は、微笑んで云った。

「大丈夫ですわ」

そのとき、診察にやってきた医者が、起きている茅を見て顔色を変えた。

「しばらくは起きてはならないと申し上げたはずです。それでなくても弱った体です。私の云うことを聞いてくださらないと、取り返しのつかないことになります」

そう云うと、女中を呼んで床をとらせ、茅が横になるのを見届けてから、十蔵を促して部屋を出ていった。

しばらくすると十蔵が、そっと戻ってきた。そして茅の手を取って囁いた。

「知らなかった。大変だったたね。でも子供はまた出来る。気を落とさないで早く元気になるんだ」

茅はうなずいて、じっと十蔵の目を見つめた。

翌日から、茅は食事を丸呑みにし始めた。食欲が無いから噛まずに呑み込むのであった。そんな荒治療をしているうちに、僅かながらも力が戻ってきたようだった。食事が何とか普通にできるようになり、体が回復の傾向を見せ始めると、家の中の者も明るさを取り戻していった。

そんなある日、茅は姿を消した。それは彼女の得意とする技《わざ》ゆえに、誰も気に掛けなかった。だが、その日、茅は家を出て、小さな紙切れを頼りに遠くまで足をのばし、ある家の戸をたたいていた。

家は古く、よくこれで立っていられると感心するくらい傷んでいた。中から出てきたのは、家に劣らずみすぼらしい男だった。茅はすぐに、それがあのときの公蔵であることを見てとったが、相手は、ただ、ぽかんとしていた。

「十蔵の妻、茅です。……縫のほうがわかりやすいでしょうか」

公蔵は飛び上がった。

「縫……縫様……。どうなさいました、すっかりお変わりになって」

公蔵は茅をかかえるようにして、家の中に連れ込んだ。

「私は元気です。ご心配なく」

貧しいけれど、片付いた家の中を見回しながら、茅は快活に云った。

隣接する三畳部屋の机の上には、内職のものか、作りかけの独楽《こま》や風車《かざぐるま》が乗っているのが見えた。公蔵は、あわてて茶の準備をしながら、一つしかない硬い座布団を茅にすすめた。

「ようこそお越しくださいました。こんなひどいところでしかお迎えできなくて申し訳ございません」

「来るのが遅すぎたようですわね」

茅の言葉に公蔵はピクリと身体を震わした。

「貴方様のせいではございません。私があのとき、おっしゃることを聞かなかったせいですわ」

二人は向かい合って座った。俯いていた公蔵がやっと顔を上げると、茅はその目を見た。そして、おろおろしている公蔵をなだめるように、だが、はっきりと云った。

「おっしゃってください。何もかも」

「……貴女様は、十蔵について何かご存知ですか」

「藩主の甥であるらしいこと以外は何も」

「ということは、何もご存知ないことです」

「甥ではないのですね」

「どうか十蔵とお別れください」

「御意見を伺いに参ったのではございません。教えてください。藩主の甥でもなく、武士としての仕事もしないあの方の持つ富は、一体どこから来るのですか」

「…………」

「お願いです。おっしゃって」

「今となっては、申し上げるのが残酷すぎます。何も聞かずに、十蔵とお別れになるほうが縫様のためでございます」

「それがどんなに残酷であろうと、全部聞くまで、私はここを動きませぬ」

茅の頑として譲らぬ顔つきを見て取った公蔵は、じっと考えこんでいたが、とうとう意を決したように話し出した。

それから公蔵が語ったことは、茅の想像をはるかに越えるものだった。


十三年前に、縫の両親と兄が、上意討ちという名目で殺害されたとき、藩主、一成自体も、その陰謀に加担していたと云えた。ありもしない罪をでっち上げて貴之を糾問する兼利の云うままに、上意書を書いた。貴之を裁く手間すら省いていた。しかし貴之一家が殺害されたあと、江戸から検視が使わされるという知らせが入ると、一成は即刻、上意書を焼き捨て、兼利一党に陰謀の罪を着せ、彼等に切腹を申しつけた。

ところが、藩主が焼き払ったと思っていた上意書は、ただの白紙だったのである。そして現物は、兼利裁判の証拠書類とともに、津川貴之一家を抹殺するために使わされた刺客のうちの一人が、隠し持っていた。

その刺客が公蔵兄弟の父だったのである。

証拠隠滅のためか、兼利と同時に、刺客も皆切腹させられたが、切腹する前夜、公蔵の父は彼を呼んで、その上意書を手渡し、幕府へ届けるように依頼していた。

しかし、そのことを知った弟の十蔵は上意書を兄から奪い、それをもとに藩主をゆすり始めたのだった。一成から抹殺されることを避けるために十蔵は、「もし自分が死ねば、この上意書は、兼利裁判の証拠とともに、ただちに江戸幕府のもとに届けられることになっている」と脅し、身の安全をはかりながら、かなりの金を脅し取っていたのであった。

十蔵は、美しい容姿をもってこの世に生まれた。そしてその特典を利用することを、幼いころからよく心得ていた。けれど、彼のあくどいとも云える傾向は、足軽でしかなかった父が切腹させられてから爆発した。周りの者に、もてはやされて育ってきた彼には、上の者にあやつられる、低級で、収入の少ない仕事につくことは考えられもしなかった。

彼のゆすりの策略は成功し、金は思うままに入手できた。兄の意見が煩《わずら》わしくなると、威嚇的な言動でそれを退けたばかりか、「兄弟同じ穴の狢《むじな》だ」とうそぶいた。

巻き上げた金は、たいていは料理屋や賭博場で費やされたが、そのうちに、通い慣れた賭博場と、それにつながる大きな料理屋を買い占めたようであった。そういうわけで、彼はいつも賭博人や女たち、でなければ彼の雇った用心棒に囲まれていた。

「毎日出かけていたのは……」

「はい……こうした場所に出入りするためです」

そんなある日、花見に繰り込んでいた十蔵は茅に出逢った。そして、どういうわけか、いとも簡単に茅を手に入れた。

兄の公蔵は、運命のいたずらに唖然とした。縫は、自分の家族を殺《あや》めた者の息子に嫁ごうとしていたのだ。何より、縫の性格からして、十蔵のような者を簡単に受け入れたことが、公蔵にはどうしても納得がいかなかった。

「私の性格？　貴方様は、私を御存知なのですか」

「縫様は与吉を覚えておいででしょうか」

「与吉……与吉……鯉の与吉？」

「さようでございます。与吉は私の幼友達でございました。彼は縫様のお屋敷で鯉の世話をしておりましたが、私はときどき与吉に頼まれて、鯉の餌を届けておりました。そしてお宅に行くと、いつもしばらく話して帰りました。おしゃべりをしながら、かわいい縫様と茅様の遊ぶ様子を一緒にながめました。何度か、お二方を池の中から引き上げる手伝いをしたこともあります。

「きん……。貴方はきん。竹とんぼのきんさん……ね」

「思い出してくださいましたか。与吉は私のことをいつも、きんと呼んでおりましたから、お嬢様方もそう呼んでなついてくださいました。縫様と茅様に竹とんぼを作ってさしあげましたのは、確かに私でございます」

茅の目が、ふと和らいだ。

「だから貴方は私が生きていることを見抜いたのですね」

「そうではございません。幼いころの縫様を知っているだけで、成長なさった貴女様を見分けることは無理でございます。実は、貴女様のご両親と兄上様、そして茅様を火葬場に運んだのが与吉だったのです。彼を通して縫様が御無事だということ、そして苫野の乳母の家にかくまわれていることを知りました。ところが近ごろになって、私の弟が苫野の村の茅という女性を娶るという噂を耳にして私は慌てました。それを阻止するために、すぐさま弟に会って話をしようとしましたが、十蔵は用心棒を使って私を追っ払うだけで、どうしても会ってくれませんでした。ですから、最後の手段を用いてあの日、貴女様に直接お話をしようと試みたのでございます」

公蔵は言葉につまった。

「十蔵殿は私が誰の娘か知っていて、結婚したのでしょうか」

「わかりません。私が書いて送った手紙を読んでいれば、知っていたことになるでしょう。けれど、それを読んだかどうかは確かではありません、はっきり申しまして、私には弟の考えていることがまるで理解できないのです。いつもそうでした。私たち兄弟の性格はあまりにも異質で、かけ離れたものでした。貴女様を純粋に恋して一緒になったのか、それとも津川家の娘というつながりを利用して、また新たなことを企んでいるのか、私には……」

「もうよい。わかりました」

茅はふらふらと立ち上がった。外ではいつの間にか、激しい雨が降り始めていた。

家を出て行こうとする茅を引き止めて公蔵は叫んだ。

「お待ちください。少し雨がおさまるまで」

だが、茅は、雨を避けようともしないで歩き出し、たちまち驟雨の帳《とばり》の中に姿を消してしまった。傘を持って後を追った公蔵はやがて一人で、みじめな姿で戻ってきた。


茅は、自分の体力を取り戻すことに全力を上げていた。

――力……力が欲しい。あそこまで行くだけの力が。ああ、何としても行かなくては。急がなくては。

清々しい五月も半ばのある日、茅は十蔵に云った。

「ごらんのように私、すっかり元気になりましたのに、なぜか医者様はいつまでも渋い顔をして、湯治か海に行くように勧めるばかりです。逆らってばかりいてもしょうがありませんので、しばらくの間、湯治に行ってこようと思いますが、いかがなものでしょうか」

十蔵は、快く承諾した。

「やっと医者の云うことを聞く気になったようだね。まだまだ顔色も良くないし、少し肥らなければ元気も出てこないだろう。そうだ、そのうちに私も迎えがてらに湯治に行くとするか」

痩せたが、更に美しさを増してきた茅を眩しそうに見る十蔵の心は定かではなかった。いつも優しく彼を愛してくれているはずの妻が、結婚当初から、なぜか常に十蔵の腕をすべりぬけていくように思えてならず、捉えがたい印象をいつまで経っても取り除くことができないでいたからだった。彼は、家の者すべてがそうであるように、茅に深く魅せられていた。

何をしなくても、茅からは不思議な魅力が発散していた。それにときどき、近づこうとしても近づけない瞬間があった。茅が花を植えたり、その手入れをしたりしているときは勿論、子供のように独りで遊んでいるときもそうだった。行灯を自分の近くに寄せて、両手の指を絡ませながら作りだす影絵を障子や襖に映して動かし、時の過ぎるのを忘れていたり、どこからか拾ってきた小石を並べて見つめながら、独り言を云っていたり、何かを一心に書いたり描いたりしているときの茅は、まるで別世界の人間のようだった。

「何をしておいでですか」と云って近づこうとする者は、必ず二の足を踏んだ。そんなときの茅からは、どこか一途《いちず》で犯し難いほどの純真さが立ちのぼっていただけでなく、一人でいるはずの彼女が決して独りでないような印象を受けてしまうせいだった。

何が茅をそれほどまでに近づき難い存在にするのか、などと自問したことのない十蔵は、単純に不安だった。たとえそれが短い期間とはいえ、茅が自分を離れることが、ただ気懸りでならず、茅を迎えに行く日程のことを本気で考えていた。

それから間もなく、十蔵からあてがわれたお供の者を皆断って、用意された駕籠に乗った茅は、医者に勧められた湯治場を目指して単身家を離れた。

そして町はずれまで来たとき、駕籠を乗り換えて少し逆戻りをすると、北へと方向を転換して霧野へ向かった。

茅は、村に近づくと、駕籠を乗り捨てて徒歩で登り始めた。自分でも気づかぬうちに、息切れがするほど急いで歩いていた。庄屋の家の門が、坂の上に見えてきたとき、突然茅は、立ち止まった。

——あの日……花見に行ったあの日、私は家のほうを振り返ったわ。そして、坂の上に確かに見た。あの影……あのすらりと伸びた影を。そしてその影は手を振っていたわ。

茅は泣いていた。喘《あえ》いでいた。

——これほど盲目でいられたなんて……こんなにも愚かでいられたなんて……。

そして気が狂ったように走りだした。

そのとき、上のほうから叫び声が上がって、誰かが転がるように坂を下りてきた。

「茅——縫様！　縫様」

文だった。文は茅に抱きつくと、声を上げて泣いた。後ろから追いついて来た伊兵衛も、目頭をおさえていた。

「文、伊兵衛、しばらくだったわね。顔を見に来ましたよ。私の花畑もね」

茅は快活にそう云うと、二人の手を引っぱるようにして坂を上った。

細くなった茅の顔を優しく撫でながら、文はいつまでも泣いていた。やつれた茅を痛ましく思う涙か、茅に会えた歓びの涙なのか、おそらくは、その両方が生み出す涙に違いなかったが、それが自分の心に流れ込む、愛情の熱い液体にほかならないことを、茅は痛いほど感じていた。

家を背にして立った茅は、目の前に広がる懐かしい景色を見渡した。そして突然、何かに打たれたように目をしばたくと、文の手を振り解くようにして走り出した。自分の花畑には目もくれず通り過ぎて、なお走り続けたあと、畦道に立ち尽くした。

そこには畑一面に延々と、鎮守の森まで、真っ白な小手毬の花が、地面を覆って咲き乱れていた。

茅は振り向くと、あとを追って来た二人に向かって叫んだ。

「弥助は、弥助はどこ？　どこにいるの」

「…………」

「どこ？」

「弥助は……弥助は死にました」

ぽつりと伊兵衛がつぶやいた。

「死んだ？　嘘だ、嘘でしょう」

茅は伊兵衛に飛びかかって、その着物を掴み、激しくゆすぶりながら叫んだ。

「嘘だ、嘘だ、嘘だ……」

「……嘘ではありません」

「いつ？　どうして」

「去年の秋でした……。鎮守の森の後ろにある滝壷に落ちておりました」

茅は、意識を失って、小手毬の花の中に倒れていった。


しばらくして目を覚ました茅は、自分がふとんに寝せられているのに気づいた。顔の上には、文や伊兵衛、そして呼ばれて来たらしい医者の心配そうな顔があった。

「私ね、辻の原から歩いて来たんです。何も食べていないから、お腹がぺこぺこでひっくり返っちゃったの」

朗らかに云う茅の言葉に躍り上がって、食べ物を取りに行こうとした文の目から、またしても止めどなく涙がこぼれた。

「文ったら、すっかり涙もろくなったのね」

「はい。年をとりますと、こうなるのでございますよ。びっくりさせて、年寄りをいじめるようなことはなさらないでくださいまし」

僅かしか箸をつけなかったが、とにかく茅が食事をしたのを見届けてから、医者は帰って行った。

三人だけになったとき、

「あの小手毬の花畑は……」と茅が云いかけると、伊兵衛が頷いて言葉を続けた。

「はい。あそこは、弥助の持ち畑の続きでした。縫様もよく御存知のように、弥助は野菜作りが上手でしたから、ずっと前から、あの辺はあの子にまかせっきりになっておりました。ただ、最近、野菜の収穫が充分すぎるほどでしたので、今、小手毬の咲いている部分の土地は殆ど使っておりませんでした。

　昨年、縫様が嫁いでいかれたあと、私どもは、その辺りに野菜とは違ったものが育っているのに気づきました。今年になって、あの花が一面に咲き出したのを見てびっくりしました。いつの間にそれが植えられたのか、また、それが何を意味するのかよくわかりませんが、あの子の美しい置き土産であることには間違いありません。あの花を心から愛でながら、かわいい、いい子だった弥助を偲んでおります」

「……私、もう一度、あの花の中を散歩して来たいわ」

「まだ身体が本調子ではないようですから、明日になさっては」

「いいえ。大丈夫」

「云い出したら、決してあとに退かない縫様には、太刀打ちできません。ではほんの少しの間だけにしておいてくださいよ」

「御免ね文、御免ね伊兵衛。私は本当にわがままで悪い子。でも私はあなたたちが大好き。どうしようもないほど好きなの。忘れないで」おどけるように声を上げて笑いながら茅は云った。

「あらあら、大変な愛の告白ですこと。どうしましょう」文は困ったふりをして同様に笑った。

小手毬の花の間を縫って歩く茅の足は確かではなかった。いつ倒れるかわからないほど震えていた。

「……美しい。美しい……。霧から生まれた仕合わせの花……」

足元で静かに揺れている愛らしい小粒の花に、かがんで顔を近づけて、茅はそのかすかな香りを吸い取ろうとした。小さなちいさな花びらが持つ、途方もなく深遠で美しい宇宙に溶け込みたいと願った。

しばらくして茅はふと目を上げた。

「……霧だわ」

明るい春の霞だと思っていたそれは、次第に濃い霧となって茅のほうにやってきた。

深い霧がすっぽりと自分の体を包むまで、茫然と立っていた茅は、急に目を見張った。

「たや……」

懐かしいたやの顔が霧の中で笑いかけていた。間もなく、父も母も兄も、笑顔を見せて現れた。

輪郭ははっきりしないが、小さな赤子の顔さえ見えたようだった。茅は喜びに胸をふるわせて、手を差し延べ、一人一人の名を呼んだ。そして、かすれた声で云った。

「もう……もう……いいでしょう？」

しばらくするとそれらの顔はゆっくりと消えていった。そして消えていったあとに、誰かが、背を向けて立っているのが見えた。

「ああ、あの人だわ」

あのときのままの淋しげな後ろ姿だった。茅は近づいて行った。その影は逃げなかった。

「……弥助？」

茅がそう呟いたとき、影は振り向いた。

やけどの跡の無いきれいな顔だったが、それは確かに弥助だった。濃い眉、涼しい目、一文字に結ばれた口、すらりと伸びた肢体、たくましい肩――自分で想像し、心の中に描き上げたと思っていたその人は、茅が身近に毎日見ていて、そうとは知らずに恋し、深く愛していた人だった。

二人はゆっくりと近づいて行った。はにかむように微笑んで、弥助は両手を広げた。そして今度こそ、茅をしっかりと抱き止めた。

茅は泣いた。長い間求め続けた温かく力強い腕の中で、心ゆくまで泣いた。そのうち弥助の手が、静かに茅の身体を撫で始めた。すると茅の震えはおさまっていき、涙が消えていった。そして云いようのない仕合せだけが、身体中を満たしていくのだった。茅は、弥助の胸に顔を埋めて笑った。

やがて二人は、白い花が映える霧の中を寄り添って歩き出した。鎮守の森に入り、そこを抜けてしばらく行くと、水の音が聞こえてきた。
滝の水音が足元まで近づいたとき、二人は立ち止まった。
「……連れていって」茅は囁《ささや》くように云った。
弥助は嬉しそうにうなずくと、茅を両手にそっと抱き上げた。
そして二人は、霧の谷間に、深くふかく沈んでいったのだった。

かげろうの舞

雲の切れ間から射し込む夕日を受けた滝の水は、真っ白な飛沫の中に見事な虹を描いて、遠い滝壺をめがけて落下していた。

欽介は、その豪快な動きを食い入るように見つめながら、切り立った崖の端に向かってゆっくりと一歩踏み出した。

——これでいい……。

そう呟いて深く息を吸い、目を閉じると、更にもう一歩踏み出した。

その瞬間、後ろでかすかな音がした。欽介は飛び上がると、思わず脇差に手を掛け、振り向いた。

十歩ほど離れたところにある竹藪の陰に、数珠を手にした一人の老人が、欽介をじっと見て座っていたのである。

「弔《とむら》いなら、今しばらく、お待ち願いたい」

「承《うけたまわ》りましてございます」

静かな声で答えた老人の目は動かなかった。

その邪魔者が一向に立ち去ろうとする様子がないのを、苛立ちをもって睨み付けていた欽介は、その眼差しに気圧《けお》されたように目を落とした。そして崖の淵を離れると、老人には目もくれずさっさと歩き出した。

老人は欽介の動きをじっと目で追っていたが、やがて立ち上がり、同じ方向に歩き始めた。

「それがしに何か用でござるか」

欽介は振り返ってもう一度睨み付けた。

「……いえ」

「では、御免」

欽介は足を速め、瞬く間に老人を取り残して藪の中に突進していった。

藪を出ると急に視野が開け、目の前に、沈みかけた夏の日に照らされた小さな村の集落が見えてきた。

――何と美しい……。

たった今、この世に見切りをつけようとしていたことも忘れたかのように、欽介はうっとりとして佇んだ。

遠くに霞む連山を後ろに控え、深い緑色の森に囲まれて拡がっている田畑と、竹薮や桑畑に飾られて散在する質素な家々が、素朴で鄙《ひな》びた調和を見せて夕日を撥《は》ね返していた。

あちこちに、小川が心を洗うような音をたてて流れていたし、西のほうには、段々畑が自由気ままな曲線を描きながら、谷に向かって下りていた。

遠くに、二、三人の子供たちが、笹の枝を振り回したり引き摺ったりしながら、声を上げて走り回っているのや、薪を背負った男と竹籠を抱えた女が挨拶をしながらすれ違って行くのが見えた。

――何という穏やかな風景だろう。

村に向かって歩いているうちに、夕日が雲に覆われたらしく、急に淡い暗色が景色を包んでしまった。

欽介は、ふと、足を止めた。

集落から少し離れたところにある、明らかに空き家と思われる一軒の家の前で、一人の白髪の女が屈みこんで両手を合わせているのが目に入ったからである。

よく見ると、女の前には小壷に立てられた一握りの線香が燻っており、その煙はゆるやかな渦を描きながら、家の壁を撫でるように立ちのぼっていた。

やがて女は立ち上がり、再度合掌すると、線香をそのままにして立ち去った。

欽介はしばらくそのあとを見送っていたが、ゆっくりと空き家に近づいた。

それは、村にあるほかの家と同じような造りであったが、もう長い間誰も住んでいないと見えて、あちこちに、かなりの傷みが目立っていた。

「この家の人たちは、皆死んでしまったのかな」

欽介は、ちょっと中を覗くつもりで、入り口の戸に軽く手を掛けたが、それはあきれるほど簡単にスッと横に滑って開いた。

誘われたように、中に足を踏み入れて見回すと、内部は思ったより奥行きがあった。そして意外なことに、家具はそのままに置いてあり、古い調度や板戸には如何なる毀損も見られないばかりか、部屋も炊事場もきちんと整頓されていたし、掃除も行き届いていたのだった。

しばらくぼんやりと立っていた欽介は、そのとき我知らず身震いをしていた。

「妙だな、これは普通の家ではない。何か曰《いわ》くがありそうだ……」

そう呟きながら振り返ったとき、彼は驚いて声を挙げそうになった。

さっき家の前で見た女が、薄暗がりの中に幽霊のように佇んでいたのだ。

「誰じゃ、そこにいるのは！」

「………」

「出て行け。ここにいてはならぬ、さあ、出て行くのじゃ」

女は威嚇するように近づいてきたが、その目がよく見えないらしいことは、両手の仕草が物語っていた。

欽介はその場を取り繕おうと、自分が旅の者で、決して怪しい者ではないこと、ただ一夜の宿を求めてそこへ入ったことなどを手短に話した。

「出て行けと云っておるのが聞こえないのか。ここに居れば、恐ろしい祟りがお前を殺す。宿なら、この先の営林寺に行って頼むがよい。さあ、さっさとここから消え失せるのだ！」

女は、しわがれ声を張り上げて、欽介を文字通り家から掃き出した。

欽介は廃家を振り返りながら、歩き始めた。

——ふむ、たたりか……祟りに殺される？　……おもしろいことを云う。

集落に入って、緩慢な歩みを続けていると、形のいい銀杏《いちょう》や楓の木が、灌木に囲まれた空間を引き立たせるように立っている境内らしいものが目に入り、ついで寺門が見えてきた。

「これが営林寺だな。よし、ここで一晩泊めてもらうことにするか」

まだ、日が暮れきってしまうまでは間があったが、空模様が怪しくなってきたために、彼がそう決めたとき、前から来た行商人らしい男が声をかけた。

「饅頭はいかがですか、とびきりうまい葛饅《くずまん》がありますよ」

欽介はそうした呼びかけは無視するのが常だったが、ふと、気を変えて、懐をまさぐった。

「五、六個ほど」

「へい、おありがとうございます」

男は背中の荷物を降ろして、風呂敷を解き始めた。

その間、欽介が振り返って見ると、あの空き家の前で、さっきの女が再び屈みこんで両手を合わせていた。非常に老いさらばえているように見えたが、まだ五十歳前後の女ではないかと欽介は見ていた。

「はい、お待たせいたしました」

行商人は包みを手渡しながら、欽介の目を辿った。

「あの婆さんは、暇さえあれば一日中ああして拝んでいるんですよ」

「ああ、祈祷師とかいう……」

「いえ、そうではありません。それにあそこは、あの人の家族や親類の家でもないのですよ。大分前にあの家の人が殺されたから、そのときから頭がおかしくなったのかもしれません」

「殺された……」

商人が去ったあと、欽介はしばらく老婆を見ていたが、やがて饅頭を手にして寺門を入っていった。

銀杏と楓の間を縫っていると、灯篭《とうろう》に灯を点していた寺男が欽介を見て近づいて来て、欽介が口を開ける前に、「住職さんはこちらのほうにいらっしゃいます。ご案内いたしましょう」と云って先に立って歩き出した。

寺の裏に回ったとき、住職が丁度、向かいの柵を開けて叢《くさむら》の中から出て来るところだった。

それは、何と、先ほど滝で見た老人だった。

「宿を探しておいでですかな」

和尚は欽介を見ると、まるで初めて会った人に話しかけるような語調で話しかけた。

そのとき欽介は、老人だと思っていた彼が、それほど高齢ではないことに気がついた。その端麗な顔と柔軟な身体の動きを見て、欽介は一瞬、自分が人違いをしたのではないかと疑った。しかし、目の前の和尚が、先刻会った老人であることには間違いがなかったのである。

「はい。今日中に次の村まで辿りつくのは無理だと、道で会ったお百姓さんに云われまして……」

「いや、まったくその通り。ここは、この先の八戸の村からは大層はなれておりますからな。そうかと云ってせっかくここまで来たからには、葦田の町まで戻る気にもならないでしょう。ということで、ここで足を止められる旅のお方は珍しくありません。どうぞお気兼ねなく、この寺にお泊りください。宿屋のようなおもてなしはできませんが、その分お気を遣われることもないでしょう」

「かたじけなく存じます」

欽介は寺男に導かれて井戸端まで行き、足を洗った。通された部屋で両刀を置いてしばらく休んでいると、本堂のほうから読経の声が聞こえてきた。

欽介は部屋を出ると、廊下を進み、本堂の隅に座を取って目を閉じた。

読経を聞くのは初めてではなかったが、彼はこの和尚の声を聞いているうちに、なぜか心を吸い取られていくような気がしてまごついた。強烈でありながら、限りない温情を含んだその読経は、彼が未だかつて聞いたことのないものだった。

魂を底から揺るがすような低い声が、知らぬ間に柔らかな囁きへと移り変わっている、その不思議な抑揚が彼を酔わせ、いつの間にか欽介は動く気がしなくなっていた。

「お務めは終わりましたよ」

住職の声に、目を開けた欽介は、「はい」とは云ったものの、いつまでもぼんやりと、祭壇の灯の揺らぎを見ていた。

やっと腰を上げた彼が部屋に入ろうとしていると、十二、三歳ぐらいのおとなしそうな小坊主が音もなくやって来て、「どうぞ」と云うと、欽介を庫裏のほうへ案内していった。

火の気のない囲炉裏の前に座を取った和尚は客が座るのを待って、質素な食事を申し訳なさそうに勧めながら、機嫌よく自分も箸を取った。

「お世話になります。私は佐上欽介と申します」

欽介は持ってきた饅頭の包みを横に押しやって改まると、両手をついて頭を下げた。

「私の名は了禅でございます。あなた様はお武家様とお見受けいたしましたが……」

「はい……」

欽介はそのあと続けて何か云うつもりだったが、言葉が出てこなかった。

「明日はご出立ですか」

「はい……」

そのとき、裏のほうで何やら物が倒れて転がる音がした。

「どうやら風が出てきた様子ですね」

和尚は欽介のほうを見ず、静かに食べ物を口に運んでいた。

欽介も黙って箸を動かしていたが、二人を包む張りつめた空気に耐えられなくなって、とうとう口を切った。

「この村は、平和でのどかなところですね。こんなに穏やかな場所で一生を送れる人たちが羨ましくなります」

和尚は椀を置いて囲炉裏の灰を眺めた。

「『平和』でござるか……佐上殿、一見、平和でのどかに見える田園の外見に騙されてはなりませぬぞ。ひとたび人間というものが住み着けば、それがどこであれ、必ずなんらかの形で憂いも葛藤も生まれます。それは、自然の条理というものでござる。そして、それがしばしば、とんでもない悲喜劇に繋がっていくというのは、武士の間だけに起こることではないのですよ。村でも町でもどんな山奥でも、人間として生まれたかぎり、天国を知り、地獄を知るのは我々の運命《さだめ》です」

意外な返事に驚いて顔を上げた欽介は、はっとした。了禅はそのとき、滝で見たときの「老人」に戻っていたのだ。そしてあのときと同じ目で、欽介をじっと見ていたのである。

そしてその目の中に、苦悩としか云いようのない深い翳を見て取った欽介は、思わず目を逸らしてしまった。

何か云おうと言葉を探していると、さっき見た小坊主が、着ている着物と同じくらい白い顔を心持ち俯かせて、しずしずと茶を運んできた。

品のあるきれいな顔をしたその子供の持つ、どこか特殊な雰囲気に気づいた欽介は、彼が一礼をして退がっていくのを目で追っていたが、やがてその目を了禅に移した。

和尚はそれを受け止めるようにして云った。

「景妙は口が利けません。『はい』と『いいえ』と『どうぞ』ぐらいが、かろうじて発音できるのですが、それ以上は望めそうもありません。しかし、とても賢い、やさしい子です」

了禅は、静かに茶を啜った。その顔には、欽介が初めて見る微笑が浮かんでいた。

しばらくすると、寺男がやってきて、住職に二言三言話しかけた。

「申し訳ありませんが、そのまま食事をお続けになってください。村に病人が出たようですので、行かなければなりません。ここにはちゃんとした医者がいないものですから、私が代理をしております。では後ほど」

和尚は、下男の差し出した袋のようなものを持って、裏口から出て行った。

その夜半から、風が唸り始め、やがて屋根を激しく叩く雨の音が聞こえてきた。

翌朝になって、突風に吹きつけられて舞い上がる雨を見ながら、了禅は欽介に云った。

「この調子では、ここしばらくは晴れますまい。出立をお見合わせくだされ」

「しかし、ご迷惑では……」

「遠慮は無用です。ここの粗食に耐えられなくなるまで、いつまでいらしてもよろしいのですよ」

その日再び、欽介は読経を聞いた。了禅の声が聞こえるたびに、彼は本堂の隅に陣取って目を閉じた。そこで得る安らぎにも似た感情は、長い旅の疲れと暗澹とした思いから彼を解き放ってくれるようだった。

欽介は、追われる身であった。ある人間を斬ったために、仇討ちの対象となってしまったのである。彼が刀にかけた男は、野心に溢れた上司で、陰険、かつ卑劣なやり方で、周りの邪魔者をことごとく落伍させ、破滅させせながら昇格する術を心得た特殊な人間だった。欽介の父親がその手に落ちて自殺に追いやられ、母親が心痛のあまり病死したとき、欽介は上司の家に乗り込み、彼を一刀のもとに斬り捨てたのであった。それから二年余り、仇討ちの旅に出たらしい男から逃げてきた。相手を恐れていたわけではなかったが、欽介が憎んでいたのは当人だけだったから、その家族を返り討ちにすることは避けたかったからである。が、だからといって、卑劣な男の仇討ちの刀にかけられるつもりは、さらさらなかったのだ。

しかし、憎き相手はこの世から消したものの、かけがえのない父母を失った悲しみは消えぬばかりか、むしろ募るばかりで、日に日に自分のやったことの無意味さを悟るばかりであった。

——殺さずとも、彼と同じやりかたを使って、あいつを破滅に導く方法もあったのかもしれないが、自分はそんな器用なことのできる人間ではない。しかし、人を失った悲しみを知った今、残された相手の家族の気持ちを理解できないと云ったら嘘になるだろう。

こうした考えを反芻しながら放浪しているうちに、彼の胸の中では、生きることの虚しさだけが日ごとに膨れていったのだった。そんな人間が「死」に誘われるためには、偶然出会った美しい滝と絶壁だけで充分だったのである。

風はいくらか和らいだが、豪雨はその日から三日間、昼夜絶え間なく降り続いた。

雨の上がるのを待つ間、欽介は了禅の読経を聞き続けた。

三日目の夕暮れになって、その日三度目の読経を聞いていた欽介は、自分の前を一つの影が横切っていくのを感じて目を開いた。それはどうやら景妙だったらしかったが、姿はもう見えなかった。そして欽介はふと、膝の前を見て驚いた。

立派な経本が置かれていたのである。それを手に取った彼は、いぶかしげに本を開き、字を拾った。

その日、欽介は夜明け近くまで経本を読んだ。


目を覚ますと、明るい日の光が障子を通して射し込んでいた。

旅支度を整えた欽介は、もてなしの礼を云おうと思って了禅を探した。しかし、彼の姿はどこにも見あたらず、しかたなく境内をうろうろしていると、寺男の重吉が門から走るようにして入ってきた。

「八戸へいらっしゃるのなら、今日はあきらめられたほうがいいでしょう。この先のほうで、崖崩れがしていて、道が完全に塞がれております。回り道を取られても、ぬかるみで立ち往生なさるのが落ちですよ」

欽介は再び部屋へ戻ろうとしたが、重吉が道直しに行くのか、いくつかの鍬を持って納屋から出てきたのを見て、「手伝いましょうか」と云った。

「ありがたいのですが……これはお侍さんの仕事ではありません。それに、そのなりでは……」

「余分な古着はありませんか」

「勿論あります。でしたら、どうぞこちらに」

欽介は泥だらけになって、村の男たちに交じり、日暮れ時まで、地すべりした箇所を固め、道を作り直した。

慣れない仕事ではあったが、日ごろ剣の修練で鍛えた腕や足腰は、疲れることを知らなかった。村人たちは、初め、見知らぬ彼を胡散臭そうに見ていたが、誰よりもはかどる仕事ぶりを見せる彼に畏敬の念を示すまでに、いくらも時間をかけなかった。

その日も欽介は夕方の読経を聞いた。そして、了禅の声に従って、手にした経本の字を追っていた。

翌日、新たに旅支度を整えていると、了禅がやってきた。

「申し訳ないのですが、葬式の手伝いをしていただけないでしょうか。式のこまごましたことをやってくれる景妙が夕べから熱を出しておりますものですから。何、心配するほどのことではありません。普通の風邪なのでしょうが、あの子はあまり丈夫でないものですから、用心をして寝かせてあります」

「私にもできることなのでしょうか」

「勿論です。大抵のことは村の人がやってくれますから、儀式に関することだけを手伝っていただければよろしいのです」

「よろしゅうございます」欽介はそう答えながら、胸の内で云った。

――妙なことだ。一日一日と延びていく。出発も、そしてこの私の寿命も……。

欽介は了禅の言葉に従って、祭壇に供え物を置いたり、蝋燭の火を点したり、仏具を和尚の座の近くに配置しながら、境内や本堂の掃除をしている重吉の手伝いもした。

その日から、欽介が朝、旅支度をするたびに、決まって彼の出立を妨げるようなことが寺に起きた。法事、供養などのほかに、寺子屋に来る子供たちの学習も、了禅の代理として受け持たされた。

そして和尚は、彼の出立のことなど忘れたように平然と振舞っているのだった。

しかもその間に、欽介の部屋には、誰の仕業か種々な仏典だの仏伝の本が次々と置かれていったのである。

しかし、欽介は執拗に毎朝、旅支度に身を整えた。

十日ほど経った日の朝、旅支度をした彼のもとに、滞在を延ばさねばならない理由を告げて現れるはずの重吉も景妙も了禅も姿を見せなかった。

欽介は長い間、部屋で正座をしていたが、やがて自ら旅仕度を解き、重吉から貰った古着に着替えたのだった。

欽介が了禅から新しい着物を与えられたのは、それから数日経ってからだった。

いつの間にか、自分でもはっきり認識することなく、欽介は和尚の助手のような仕事をするようになってしまっていた。そんな彼を何かにつけて優しく導いてくれたのは、重吉だけでなく、美しい影のような存在の景妙であった。

欽介は心の内で思っていた。

——了禅殿は、私の貧しい魂を救おうとしておられるのに違いない。どうせ間もなく死ぬ身だ。その前にありがたく教えを賜ってみよう。

欽介は暇ができると、与えられた書を読み漁った。それでも時間があれば、村を見て歩いた。

そこは、葛野《かずらの》という村で、三百人足らずの人が住んでいた。

もとは小さな寒村であったのが、養蚕を始めるようになって急に人口が増えたというだけあって、瑞々しい色の桑の木が広い範囲にわたって植えられているのがどこからも見渡すことができた。

農耕や木の伐採は、男たちにまかせられ、養蚕に携わるのは主に女たちだった。そのほか、竹の多い地方であることから、竹細工をやる者も少なくなく、葛野の住民の収入は、よほどの飢饉でもないかぎり、底をつくことがなく、耐え難い貧困にあえぐようなことはないようであった。

日が経つうちに、欽介は、穏やかな葛野に、深く愛着を覚えるようになっていた。

村人たちとの交流も、仏事や、寺で行われる年中行事を通して、徐々に深まっていく一方で、了禅は景妙に聞かせる振りをして欽介の前で仏法を説き、重吉に教えるふうを装って欽介に草薬の作り方を教え込み、村に病人が出ると、必ず欽介を伴って行くようになっていた。

瞬く間に一年が過ぎていった。

欽介はその後、盲目の女が、例の空き家の前に蹲《うずくま》っているのを何度か目にしたことがあったが、それから半年ほど経ったある日、その女が亡くなった。

彼女の葬儀が執り行われる日の朝のこと、珍しく了禅が欽介の部屋に来て、やや改まった調子で話しかけた。

「剃髪なさる気はありませんか」

「はあ?……」

なぜそんなことを了禅が云うのかよくわからなかったが、考えてみると、一目で侍とわかる男が仏事を施行するところでうろうろしているのは場違いで、誰にとっても目障りなことは確かだったし、欽介にとっては、剃髪しようがしまいが、そんなことはどうでもいいことだったので、「どちらでも……」と答えた。

その日欽介は、頭を剃られたばかりか、葬儀に出る際に袈裟を着せられた。

——これじゃまったく坊主じゃないか……。

和尚と一緒に経を唱えながら、欽介はあからさまな戸惑いを見せていた。

その夜のことだった。葬式を終えて、誰もいなくなった本堂で祭壇の灯を消していた欽介は、背後に人の気配を感じて、とっさに長い蝋燭立てを掴むと、素早く振り返って構えた。

そこに立っていたのは了禅だった。

欽介は顔を赤らめると、蝋燭立てをもとに戻しながら、恥ずかしそうに云った。

「いつまで経っても、侍の癖が抜けません。お恥ずかしい次第です。どうぞお許しください」

了禅は答えなかった。そしてしばらくしてから、低く強い声で云った。

「あなたの名前は、今日から尚慶《しょうけい》です。そして明日から、その尚慶殿が、この宮林寺の住職となります。継承の手続きは、みな終わらせてあります」

珍しく冗談をおっしゃるな、と思って和尚を見た欽介は、それが冗談でないことをすぐに理解し、あわてた。

「ちょ、ちょっとお待ちください。滅相もないことです。そんな役はお受けすることができません。それに、何を隠しましょう、私は途方もない大罪を犯した人間です。そんな人間が……」

「存じております。ですから、あなたはその罪を負いながら、できるだけ多くの人を救えばよろしいのです。私は滝でお目にかかったときから、あなたが、運命によって私に送られてきたお方であることを見通しておりました」

欽介はそのとき、和尚の顔の異常な蒼白さと震えている両の手に気づき、息を呑んだ。

「お加減がよろしくないのでは……」

と云いかけた欽介の言葉を了禅は遮った。

「尚慶殿、私は死にます。先ほど飲んだ毒草の液がその効果を示すまでは、まだしばらく時間がかかるでしょう。その間、私はあなたにお話しておきたいことがあります。どうぞ聞いてください。そして、それを村人たちに知らせてください。村の誰もが知っておかねばならない非常に大切なことなのですが、私は、自分自身が関連しているために、とてもそれを云う勇気が持てないのです。勝手で申し訳ないのですが、どうぞ私の願いを聞き入れてください」

了禅の目は、蝋燭の暗い灯りを受けて、燃えるようにギラギラと光っていた。

欽介はそのただならぬ様子に圧倒されて、答える術を失い、ただ、かすかに頷いていたのだった。


尚慶となった欽介が、この了禅和尚の告白を、寺の本堂に集めた村人に話したのは、了禅の葬儀が終わってから間もなくだった。

村人たちはひとり残らず、言葉もなく深くうなだれていたが、どこからともなくすすり泣きが洩れてくると、それはたちまち低い合唱のようになって本堂いっぱいに広がっていった。

彼らの流す涙が、哀しさから生まれたものか、悔恨によって押し出されたものか、感動のほとばしりであったのかを、欽介は知ることができなかった。

しかし、そのとき彼は、今まで自分には見えることのなかった「人間」の性《さが》に、初めて触れた思いがしていた。

了禅が去った後、村人たちは、一人ひとりと、長い間胸の内に秘めていたわだかまりを吐露するために、尚慶のもとを訪れた。こうして彼は、当時その村に起こった悲劇――了禅を死に追いやることになった出来事の全貌を知る、唯一の人間になったのだった。

十五年前に遡《さかのぼ》った春の葛野は、今と変わらず、艶やかな緑に彩《いろど》られていて、村は同様にのどかだった。

「ちょっと聞いておくれ、忍び夜鷹が、昨夜《ゆうべ》、どうやら地主《じしゅ》の友八さんのところに忍び込んだらしいんだよ」

「あのお希世《きよ》がかい?」

「そうなんだよ」

「まさかだろう? あそこは女房も子供もいる上に、友八さんはもう若くはないよ」

「それが、狙いは、息子の武一だったらしいんだよ」

「何云ってるの、武一はまだ子供じゃあないの」

「子供ったって、もう十五歳だよ。もっとも希世は、たちまちお春さんに追い出されたらしいけれどね」

「とんでもない女だね、あきれたわ」

「何てことだろう。でも情けないのは、男どもが、どいつもこいつも、そろってあの女が忍んでくるのを心待ちにしているというんだから、まったく始末が悪い」

「そうさ、うちの息子なんざぁ、嫁が決まったというのに、いい年をした忍び夜鷹に熱をあげていて、その娘の顔なんぞ見ようともしない。この調子じゃ、破談は確実だろうよ」

女たちは、蚕の蠢く浅い木箱を手際よく掃除して、新しい桑の葉を敷き詰めながら、溜息と憤激の言葉を交わしていた。


そのころ、養蚕は日本中で盛んだったが、葛野に育つ桑の木の葉は、質が良く、それを食む蚕の繭から採れる生糸は格別だといわれており、葦田の町の問屋ばかりでなく、遠くの絹業者たちからも一目置かれていた。そうしたことから、村の女たちは、意欲的に桑を栽培し、蚕を養い、出来た繭から上質の絹糸を取ることに精励していた。

取れた糸は染められて、葦田などの絹問屋に売られ、一部は村で織られて、きれいな布や絹小物などに姿を変え、町の店頭に持っていかれた。

養蚕の仕事場は、そこで働く女たちが村の日常の情報を交わす、格好の「井戸端」だったのである。

今、その井戸端で立ち動く女たちの話題になっているのは、「忍び夜鷹」という別名をつけられた希世という女性のことだった。

希世は、富という村の女が若いころに、名前も知らない葦田の男に恋して捨てられたときに産んだ子供だった。

希世はもう三十歳を超えているはずなのに、二十歳ぐらいにしか見えず、そのはち切れんばかりの豊満な体からは、したたるような色香が匂っていて、葛野中の男たちを夢中にさせていた。希世は、十六歳のとき、旅の男のあとを追っていき、どこかで結婚したらしかったが、いつごろからか村に戻ってきて、母親の家に住み、養蚕の仕事をしていた。

その希世が最近、夜になるとこっそりと民家に忍びこみ、男どもを挑発して連れ出すようになったというのだった。勿論、彼女の誘惑を迷惑がる男は皆無に近いといってよかった。希世を嫁にしようとする男はいなかったが、彼女にうつつを抜かして、村の女を激怒させる男は少なくなかった。

そうした中で、この希世の誘いに無関心な、数少ない男の一人に源という壮年の男がいた。

源は、養蚕の仕事を初めて葛野で手がけた先駆者の曾孫で、朴訥《ぼくとつ》な性格を持つ、誠実な人間だった。彼は早くから、竹細工で「名人」と謳われるほど優れた腕前を見せていたため、今では葛野の誇りの一つに数えられていた。

彼は年ごろになって、村の幼なじみで仲の良かったお久美という娘を嫁にとり、仕合せに暮らしていたが、その仕合せは長くは続かなかった。一年後に赤子が生まれた際、産後の肥立ちが悪化して、若い嫁は、夫と赤子を残して夭折してしまったのである。

源はその後、周りの者から勧められる再婚の話をことごとく退けて寡暮《やもめ》らしを続け、子供の茂吉を一人で育てた。

茂吉は、難産がたたったせいか、背骨の曲がったおかしな体をしており、三白眼で顔つきも良くなかった。しかし、源はその子をこの上なくかわいがって、よく面倒を見てやり、幼い彼に竹細工の作り方を懇切丁寧に教えては喜んでいた。

村に戻ってきた希世が男たちの家に忍び込むようになったのは、源の息子が間もなく十四歳になろうとしていたころであった。

独り者で男前もよい源が、そのころ「忍び夜鷹」の誘惑の格好な的《まと》になっていたのは、云うまでもなかった。しばしば忍び込んでくる希世を追い払いながら、彼はそのしつこさに、ほとほと手を焼いていた。

そして、とうとうある日、源は希世の襲撃から逃れるためか、隣人たちの勧める再婚の話を承諾したのだった。

娶った新婦は葦田から来たお安という子持ちの未亡人だったが、まだ若々しく如才の無い、働き者の女性だった。連れ子はお弓といい、茂吉と同じ十四歳。きれいなだけでなく、やさしい性格を持った娘で、茂吉とはすぐに仲良しになった。

源とお安も、よく気が合っていたようだった。誠心、夫に尽くそうと努める妻のために、源は長い時間をかけて、一本の簪《かんざし》を作ってやったほどだった。簪は竹で出来てはいたが、その繊細なことと巧妙さが、竹とは思わせぬ微妙な美しさをかもし出しており、見る者の目を瞠らせた。お安はそれを宝物のように大事にして、一日として髪から離すことはなかった。

ところがこうしてやっと希世から開放されたと喜んでいた源は、一年もしないうちに、思いがけない問題に悩むようになったのである。

それは、お安が息子の茂吉をひどく嫌って、何かにつけてつらく当たるようになってきたからだった。茂吉は背骨の問題があるために、田畑で働けなかったから、養蚕の仕事にまわされていた。しかしなぜか彼はその仕事を好まず、竹細工ばかりやっていたのだった。

「蚕の世話もしないで遊んでばかりいて、家の穀つぶしとはお前のような者のことを云うんだよ」

「遊んでばかりはいないさ。竹細工をちゃんと……」

「お前の作る竹細工みたいなもので、いくら稼げると思うのかい。それは父さんにまかせて、桑の木畑に行って、毛虫を退治しておいで」

顔が合うたびに、くだらないことでお安の辛辣な言葉が飛んでくるし、茂吉も黙ってはいなかったから、口論は絶え間がなかった。

——お安は、あの子がみっともないから、こうして忌み嫌うのだろうか。

源はそう思うと、息子が不憫でならなかった。

源は、茂吉がその醜さ故に、小さいころからほかの子供たちにいじめられたり、仲間はずれにされていたことも、大人たちから、「何て目つきの悪い、いじけて横柄な子だろう」と云われていたのも知っていたが、自分の妻からこうした態度を示されるのは耐え難いことだった。

——再婚したことは、どうやら私の過ちだったようだ……。

二人の口げんかが高じてくるにしたがって、茂吉が寝食のとき以外、家に寄り付かなくなってくると、お安はいくらか落ち着いてきたが、源は次第にものを云わなくなってしまった。


茂吉は小川のほとりに座って、流れる水の底を眺めていた。

「茂吉ちゃん、何をしているの？」

声を聞いて振り向くと、それは野菜の入った竹籠を抱えて通りかかったお弓だった。

「べつに何も……」

「めだかを見ているのでしょう」

そう云って、お弓は川に近づこうとした。

「いけない、待って！　お弓ちゃん、そこを動かないで！」

お弓は、突然茂吉が上げた叫び声にびっくりして立ち止まった。

茂吉はすばやく駆け寄ると、お弓の足元から、何やら小さなものを拾い上げた。

「どうしたの？」

茂吉は拾ったものを手の平に乗せ、お弓のほうに差し出した。

「ほら、見てごらん、きれいだろう？」

「まあ、きれいなこと、羽が透きとおっているわ。それはなあに?」

「これは『もんかげろう』というかげろうの一種だよ」

「ずいぶん小さいのね、目につかないほどだわ。生きていられるのが不思議なくらい……」

茂吉はその小さな生きものを、お弓の手の平に、そっと移してやった。

「かげろうはね、こんなにきれいな翅《はね》と尾毛が持てるようになるまで、二年も三年も水の中で幼虫の時期を過ごさなければならないのだよ。しかも、このようにやっと成虫になったら、ほんの数時間しか生きないってことを知っているかい?」

「ううん、知らなかった。ほんとうに? 何てことでしょう。私、そんな短い命のかげろうを踏んで殺すところだったのね。助けてあげてくれてありがとう。これからは、しっかりと気をつけて歩くようにするわ」

お弓の手の上でじっとしていたかげろうは、そのときスイと飛んだ。

「あ、飛んだ……」

二人はうっとりとして、その翅虫の行方を目で追った。

「茂吉ちゃんはここで、こんな小さな生き物を助けながら、一日を過ごしているの?」

「そういうわけでもないけど……」

「御免なさい……あなたが家に帰りたくない理由を知っているのに、変なことを尋ねてしまったわ」

「いいんだよ、お弓ちゃん」

お弓は竹籠を下ろして、茂吉のそばに座った。

「茂吉ちゃん、どうして養蚕の仕事を嫌うの？」

しばらく黙っていた茂吉は、川の中に小石を一つ投げ入れてから云った。

「蚕の繭からどうやって生糸を取るか、見たことがあるだろう？」

「ええ」

「虫の状態から、蛾に成長する間、蚕が身を守って作るのが繭だろう。いつか、蚕は蛾になってその繭を破って出てくるはずなのに、人間はその前に蚕もろとも繭を煮て、糸を取るんだ……」

「そのとき蚕が死ぬのがいやなの？」

「どうせ蚕は蛾になっても飛べないし、産卵するだけで、すぐ死んでしまうのは知っているけれど、いずれは殺すことを知りながら蚕を育てることが、あまり気持ちのいい仕事だとは思えないのさ」

「茂吉ちゃんってまるでお坊さんみたいな人ね。でも、茂吉ちゃんの云うことはよくわかるわ。今までよく考えてもみなかったけれど……」

そのとき、母親のお安がお弓を呼ぶ声が聞こえてきた。あわてて立ち上がったお弓は、籠を抱えて声のするほうに走りかけたが、足を止め、振り返って云った。

「これからも、いろいろ教えてね、私の物知りお坊さん」

お弓が竹籠を持って小径を急いでいると、向かいから武一がやってきた。

武一は、村の地主《じしゅ》友八の甥だったが、赤子のころに両親を失い、友八の養子となって育った若者で、お弓より一つ年上だった。地主のこの跡継ぎは、非常に頭がよいばかりでなく、信頼の置ける人間だったから、その若さにもかかわらず、村で集められた絹糸や竹細工を葦田まで運び、売り上げを持ち帰る大切な役目を任されている者の一人だった。

武一はまた、背の高い立派な体格をしており、切れ長の目が何とも云えず美しい若者だったから、村中の娘が競って彼の気を惹こうと、躍起になっていたほどだった。そんな彼を見たお弓は、思わず頬を赤らめてしまった。

「こんにちは、武一ちゃん」

「やあ、お弓ちゃん、精が出るようだね。ね、少し休まないかい、舌がとろけるほどうまい桃のなっているところを教えてあげるよ」

そのとき、再びお安の声が飛んできた。

「お弓！　一体、何度呼ばせたら気がすむの？」

お弓は首をすくめて武一に笑いかけながら、走りだした。

「このつぎに連れて行ってね」

「きっとだよ」

「ええ」

二日経った日の午後、武一とお弓は一緒に裏山に行き、桃を捥いで、竹籠に入れていた。

「何ていい香りなんでしょう」

「香りだけじゃあないよ、とてもうまいんだ。食べてごらん」

武一は桃にかぶりつきながら、別の一つを差し出した。

「ほんとうにおいしいわ」

嬉しそうに溜息をついているお弓を見ていた武一は、そっとお弓に近づくと、突然その体を抱きしめ、地面に倒した。

「武ちゃん、何をするの？　やめて！」

「俺がお弓ちゃんを、未来のお嫁さんに決めていることぐらい知っているだろう？」

「知らないわ、ちょっと、お願いだから離して、腕が痛いわ」

武一は、構わず、お弓の上に覆いかぶさってきた。

「やめてったら、声をたてるわよ。ここから叫んだら、樵のおじさんたちには充分聞こえるはずよ」

「お弓ちゃんは堅いんだな、つまらないよ。お嫁入りまでおあずけってわけかい」

武一はお弓を手放しながら、不服そうに云った。

「私、まだお嫁にいくことなんか考えていないわ」

「嘘ばっかり。俺のこと、死ぬほど好きなくせに」

「……ええ、好き。でも……」

「いいさ、待っていてあげるよ。未来のかわいいお嫁さん」

そう云うなり、武一はお弓を一人残して、ひょうきんな踊りをしながら、どこかへ走り去った。


茂吉が十六歳になろうとしていたある日、源は久しぶりに息子と一緒に竹を切り裂いて、得意の茶筅《ちゃせん》を作っていた。それを養蚕場から帰ってきたお安が目に留め、いつものように怒鳴り始めた。

茂吉は何も云わず、さっさと逃げ出していったが、今度は源が承知しなかった。

「お安、しつこいぞ、いつまで続けるつもりだ。一体茂吉がどんな悪いことをしたと云うのだ? お前がそうして目角を立てるようなことをあの子は何一つしていないはずだが」

普段決して声を荒立てることのない源のそんなに厳しい表情を見たのは初めてだったから、思わずたじろぎを見せたお安だったが、それでも何やら不平らしいことを口ごもっていた。

「あなたは何かにつけて、あの子の肩を持つんだから」

「お安、お前はあの子がみっともないのが我慢ならないのか? みんなの前で恥ずかしいのか?」

「そんなことありません」

「茂吉が心の優しい、いい子であることが、お前には見えないのか?」

「それ、それ、それですよ。決まってそうなんですから。もうたくさんです。わからないんですか。あなたは茂吉ばかりがかわいくて、この私など目に映らないってこと。どんなに私があなたに気に入られようと努力したって、そんなことどうでもよくって、ただ、茂吉さえ仕合せならば、それでいいんですよ。明けても暮れても茂吉、茂吉ってね」

お安の目から、涙が噴き出していた。

源は、お安の顔を見たまま、ぽかんとして立ち竦んでいた。

お安はいつの間にか、声を上げて泣いていた。

やがて、深い夢から目が覚めたように源はお安に近寄ると、その手を取った。

「そうか、そうだったのか。ちっとも気がつかなかった。俺は大変な思い違いをしていたようだ。お安、許してくれ。俺はあの子があまりまともでないことから、皆に忌み嫌われているような気がして、それぱかりに気を取られていたのかもしれない」

「茂吉はまともです」

お安は泣きじゃくりながら云った。

「わかった。よくわかったよ、俺が悪かった。これからは気をつけるから、機嫌を直してくれ」

「源……源さん、本当に？　こ、こんなにわがままな私のこと、怒っていない？」

お安は源の胸に顔を押し当ててすすり上げた。

「勿論怒っていないよ。しかし、なぜもっと早くそれを云ってくれなかったんだ。お互いに長い間、くだらない誤解に苦しみながら生きていたなんて、愚の骨頂だったとは思わないかい。お安、お前は仕事にさばけるばかりか、とてもいい女だよ。これでも俺は、結婚したときから、お前を仕合せにしようと努力してきたつもりだったんだよ」

「源さん……私の源さん……堪忍して、私が悪かったわ」
源は、一層強く泣きじゃくるお安を宥めるように、その肩をさすっていた。

その日の夕暮れ時だった。冷たくなったお安の死体が、桑の木畑の中で発見された。頭にある傷と、近くに転がっていた血のついた大きな石は、彼女がそれで殴り殺されたらしいことを物語っていた。

葛野はたちまち大騒ぎになった。皆、愕然とするばかりで、平穏な村に起こった惨事を事実として認めるまでには、かなりの時間がかかった。

やがて葦田に使いが出されて、役人が来るまで、ありとあらゆる推察と噂が村を行き交った。

誰の頭にも、最初に浮かんできた犯人の顔は、まず、お安と口喧嘩の絶えなかった茂吉のものであった。そしてその疑惑は、時間が経つにつれて、確信へと発展していったのである。

犯行時間が夕飯のころだったこともあって、葦田からやって来た役人たちは、殺害現場の目撃者も、その辺りを歩いていた者も見つけることができなかった。

しかし、問題が「動機」ということになると、村人の口はたちまち弛《ゆる》んできた。

やがて、彼らは自分たちの意見――つまり、茂吉に対する疑惑を表明し始め、役人の頭にも、事の概要が次第に明らかになってきた。

茂吉は間もなく呼び出されて調べられたが、彼は落ち着きのない態度で、辻褄の合わないことを、どもりながら答えるばかりであった。その上、茂吉のいじけたような外見がものを云ったのか、役人たちが茂吉を犯人扱いするようになるまでには、たいしてひまはかからなかったのだが、これという証拠もなく茂吉を逮捕することには、さすがの彼らも二の足を踏むしかなかった。にもかかわらず、息子の潔白を必死になって説く源には、頭から取り合おうとしなかった。

そうして解決策もなく時間が経つにつれて、村人たちの苛立ちは高まっていった。ところが、とうとう、「犯行時間に、現場から遠ざかる茂吉の姿を見かけた」という者が何人か出てきたのだった。皆は「ほら、やっぱり」とばかり、満足そうにお互いに目配せをしながら頷いていた。

証人を得て、ますます厳しくなった尋問に、茂吉は答えることを止めた。ただ、黙ったままそっぽを向いている茂吉にとって、事態は最悪になってきた。

そのとき、尋問のなされていた地主の家の外で、中を窺っていたお弓が転がり込んできた。

「待ってください！　あなた方は、間違っています。茂吉ちゃんが母さんを殺すなんて、とんでもない誤解です。茂吉ちゃんは、心の優しい人です。人間だけでなく、どんな動物も、虫でさえ殺せない人です。あなたたちは、もんかげろうを知っていますか、小さくて目につかないほどの、か弱いかげろうです。その翅虫を私が踏みつけようとしたときに、それを助けたのが茂吉ちゃんなのです。そんな人に、私たちの母さんが殺せると思うのですか。茂吉ちゃんは誰よりもやさしくて思いやりのある人です。それに、この人が私の母さんと仲が悪いなんていうのは正しくありません。母さんが、茂吉ちゃんを嫌っていただけです。理由《わけ》は父さんが茂吉ちゃんだけをかわいがっていると思って嫉妬していたからなのです。茂吉ちゃんには罪がありません。これ以上茂吉ちゃんを責めるのは止めてください。お願いです」

「お前は何てことを云うのかい、死んだおっ母さんのことを悪く云うような恐ろしいことをするものじゃあないよ」

「何だ、そのもんかげらというのは。よくお聞き、お前には信じられないかもしれないが、『虫も殺さぬような』顔をした者が、想像のつかないような凶悪なことをするのは、よくあることなんだよ。母さんを失って気が転倒しているのだろうが、気を鎮めるのだ。いいね、さあ、お帰り。誰か、この娘の面倒を見てやってくれ」

「いいえ、茂吉ちゃんは、凶悪なことをする人ではありません！　か弱いかげろうを助けるほどの深い慈愛を持った人です。それがわからないのですか、みんな、みんな間違っています」

必死になって叫び続けるお弓は、数人の村の女に抱えられるようにして、連れ去られた。

お安の葬儀がある前に、茂吉は罪人と断定され、役人に連行されていった。

「茂吉ちゃんは、犯人ではありません、潔白です。無実の人をしょっぴいて行くなんて、あんまりです。お願いですから、もう一度、調べ直してください」

役人たちにすがりついて泣き叫ぶお弓に背を向けて、源は男泣きに泣いていた。

それから二年が過ぎた。

凶悪な犯人がいなくなり、平和が戻っても、長い間お安の殺人のことは、村人の話題から消えなかった。

髪が白くなりすっかり痩せてしまった源は、やっとのことで生き延びているかのように、黙々と畑を耕し、竹細工を作っていた。

村人たちは初め、そんな源とお弓を憐れんで、何かと面倒を見ようとしたが、源は皆と話すことを頑《かたく》なに避けるようになっていた。彼は、茂吉に無実の罪をきせ、投獄を助けた村人が許せなかったのだった。

そんな彼が心を許して話せるのは、優しいお弓だけだった。お弓も仕事仲間と打ち解けることがなくなってしまっており、その美しい顔から消えてしまった微笑みを蘇らせることのできる人間は、源以外にはいなくなっていた。

「父さん、お願いですから、少し召し上がってください。朝から、何も食べていらっしゃらないでしょう。病気にでもなったら、茂吉ちゃんが帰ってきたときに、とても悲しみますわ」

「……お弓、茂吉は、もう帰ってこないよ」

源は淋しそうに答えた。

「帰ってきます。無実が晴れて、必ず帰ってきます。希望を失ってしまったら……私たちには、一体何が残るのですか?」

「……そうだった。お弓、弱音を吐いて御免よ。いとしい母さんを失っていながら、健気《けなげ》に生きているお前の前で恥ずかしい次第だ。さあ、お弓の優しい心が込められた、うまい料理をいただくことにしよう。お前も一緒に食べてくれるね」

「はい」

「ところで、お弓」

「はい」

「お前は、たしか十六歳になったのだったね。いや、もうすぐ十七歳のはずだ」

「はい」

「そろそろ武一との祝言を考えるころだ。あの子からも、そのことについて話があったのではないのかね?」

「……はい……」

「何と答えたのかい?」

「まだ早すぎるからもう少し待ってくれるようにと……」

「早すぎると云えば早すぎるかもしれないが、いつまでも、私のような辛気臭い親のもとで生活するよりは、若い旦那のそばで、新しい仕合せな家庭をつくってもらいたいというのが私の望みなんだよ。武一は立派な若者だ。これ以上理想的な婿はどこにもいないと思うよ」

「わかっています。でも父さん、その話はもう止していただけないでしょうか。武一さんにはしばらく待ってくれるようにと話してあるのですから」

「そうかい。お前がそう云うのなら、もう止そう」

源はお弓に笑いかけながら、冷えかけた汁の椀を取り上げた。


それから半年が過ぎていった。

お弓は、蝋燭の灯りのもとで、源の着物の繕いをしていた。

「お弓」

源が竹細工の仕事を終わらせて、茶の間に入ってくると、お弓の前に座を取って、やさしく話しかけた。

「はい……」

「お前は、先月十七歳になったはずではないのか？」

「はい……」

「なぜ、結婚しようとしないのだ？　まだ早すぎると思うのか？」

「…………」

「お弓は武一が嫌いなのかい？」

「そうではありません。好きです」

「では、なぜいつまでも頑《かたく》なに祝言を断るのだ？」

「………」

「黙っていてはわからん。正直に云ってごらん」

「私はいつまでもここにいて、父さんのお世話をしていたいのです」

「何てことを云うんだ。お前は父さんの召使いでも女房でもないのだよ」

「わかっています。でも、父さんの心の痛みをわかる人間は、私しかいないはずです」

「勿論そうかもしれないが、だからといって、お前の仕合せを犠牲にしてまで私に尽くす必要はないのだよ」

「………」

「心配しなくても、父さんはまだ足腰の立たない老人ではないから、一人でちゃんと生きていけるのだし、そんな犠牲を払われると、むしろ心苦しいだけだよ」

持っていた針が動かなくなり、お弓は俯いたまま黙り込んでしまった。

しばらくして、祈るような目で父を見上げたお弓の美しい顔を見た源は、思わずはっとして顔を逸らした。

「……この村で、私が心から信頼できる人は、父さんだけなのです」

「お弓、私はお前の気持ちがわからないでもない。子供が最も信頼するのは、まず親だからね。しかも、あんな不幸に見舞われた私たちだ。お前が私を頼るのは当然だろう。しかしこのままではいけないよ。これ以上武一を待たせてはならない。彼を信じて、一緒に新しい一歩を踏み出すのだ」

「……それではあまりにも父さんがかわいそうです」

「かわいそうだなんて……何度云えばいいのだ。お弓……わかってくれないのか？」

「……私、ここにいます……いつまでも父さんと一緒に……」

お弓の目にたまった涙を見た源は、いきなり立ち上がった。

「駄目だ。それは、私が許さん」

そして、戸を開けて外に出て行った。


そのころから、新たな噂が村に飛び始めた。

源とお弓の間にいかがわしい関係があるらしいというのだった。

お安は殺され、茂吉は投獄され、家に残されたのは源とお弓だけであったから、この二人が互いに支え合って生きるのは、誰の目にも当然のこととして映っていたはずであった。

それが、こうした噂に発展するのには、一つの理由があったのである。

つまり、二年前の事件の当日、「茂吉が現場から逃げていくのを見た」と証言した者のうちの一人が病を患って死んだ。その男が死ぬ間際に、当時彼のした証言が口から出まかせのものであったことを告白したのであった。となると、当然彼と一緒にいたほかの者たちの証言も怪しくなってきた。しかし、村人がそろって彼らの証言を支持し、茂吉を告発したために、それを表沙汰にする勇気のある者は出てこなかったのである。

しかし、彼らの胸中で、茂吉への疑惑が薄らいでいくにつれて、「では、誰が？」という問いが頭をもたげてきた。そして再び真の犯人を巡って、めまぐるしい詮索が始まり、新たな憶測が始まったのだった。

自然、疑惑の目は、村人と口を利くことを拒む源とお弓に向けられていった。

「あの二人は怪しい。仲が良すぎるとは思わないかい。あれは普通じゃあないよ」

「前から変だと思っていたよ。あれほど器量のいい娘を持つと、頭が呆けてしまうものらしい」

「知らなかったのかい、源さんが再婚して間もなく、源さんはお弓の魅力に気を取られてお安さんのことを忘れてしまったらしい。だから、お安さんはああして茂吉に八つ当たりをしていたのさ」

「と云うことは、ひょっとして……源さんが……ということなのかい」

「お弓欲しさに、うるさい女房を殺し、その罪を邪魔な茂吉に着せて……」

「いや、待て。源は実直な人間だし、茂吉をとても可愛がっていたじゃあないか」

「醜い子供を持ってしまった親の義務を果たしていたにすぎないのさ。人は見かけによらないものだぜ」

「お弓は武一に嫁ぐことになっていたのではないの？」

「あの調子では無理だろうさ。お弓も源さん以外の男は目に入らないようだし」

「お弓が源さんに首ったけってことなのかい？」

「それなら、お弓が犯人だったということも考えられるわけか」

「あの子が自分の母親を殺害？　それはいくらなんでもあり得ないだろう」

「思いもよらないことがあるのがこの世なのさ」

「どちらにしても、あの二人の関係は卑猥《ひわい》なものさ。父娘なのに呆《あき》れたものさ」

畑であろうと養蚕場であろうと、そのころから村人たちは、集まれば、源とお弓の噂に花を咲かせるようになった。しかし、元々孤立したような生活をしていた当の本人たちは、そのことに少しも気づかなかったのである。


「父さん……」

「何だ？」

「近いうちに必ずお嫁にいきますから、どうぞ機嫌を直してください。父さんの笑顔が見られないのはつらうございます」

「……近いうちに……必ずいくか？」

「はい。必ず」

「私はお前につらく当たる気持はなかったんだよ。ただ、お弓に仕合せになってほしいだけなのさ」

「私は充分に仕合せです。ここにいる以上の仕合せがほかにあるとは思っておりません。けれども、父さんのお考えに逆らえば、父さんを苦しめることになるでしょう。ですから、おっしゃるようにいたします」

「お前……武一のこと」

「武一さんは大好きです。でも、父さんはもっと好きです」

「何を云うんだ、お弓！」

源は蒼ざめてお弓を見た。

「私はただ、誠実で優しい父さんのそばにいるときだけ、安心していられるし、人が信頼できるのです。でも、ここに長くはいられないことぐらい私にもわかっています。ただ、もうほんの少し、そのときを引き伸ばしてくださりさえすれば、それでいいのです」

「わかった。私だって、いつまでもお前がそばにいてくれれば、こんな仕合せはないさ。……いや、止めよう……こんなことを私が云うべきではなかった。御免よ」

「御免だなんて……その言葉、ただ嬉しいだけです」

「いや、勘違いしないでくれ……」

「父さん」

「何だ？」

「教えてください。私たちは、母さんと茂吉ちゃんの身に起きたことを、天災のようなものとして……つまり宿命として、受け取らなければならないのでしょうか」

「……天災と、人間の引き起こす災害の間には大きな違いがある。人の心を傷つけるのは、人間の生み出す害のほうだろう。しかし、人災と天災、そのどちらからも、私たちは逃げることができないもののようだ。ただ……人災を宿命として片付けるのは抵抗があるかもしれないけれどね……」

「では、ただ諦めるしかないのですか」

「ほかに、何ができる？」

「ここを捨てて、どこかに行くことです。哀れなかげろうのように踏みつけられないうちに、どこかへ飛んでいくことです」

「かげろうか……お前の云うように、私たちは皆、そのかげろうのようにはかないものだ。しかしそのはかない翅でどこまで飛べばいいと云うのだ？　今云ったように、それが自然の災害であろうと、人の引き起こす災害であろうと、そこからは誰も逃げおおすことはできないのだよ。どこへ行っても同じことなのだから」

「父さんや茂吉ちゃんみたいな人ばかりが住んでいるところはこの世にないとおっしゃるのですか」

「無理だろうな」

「それならいっそ死んだほうがましです」

「そんなことを云ってはいけないよ。お弓、この世は悪意を持った人間だけで埋まっているのではないのだ。信頼することを忘れてはならないよ」

「父さんご自身、人が信頼できなくなっていらっしゃるのを、私は知っています」

「そうかもしれない。しかし、そんな私にも、深く信頼できるお前がいるではないか。それにもう一人、了禅和尚がいる。あの人は人の心を見抜くだけでなく、限りない慈愛を持った人だ。どこまでも私たちを理解し、支えてくれるあんな人が近くにいるというだけでもありがたいと思わなければ……」

「………」

「さあ、そんな難しい顔をしないでくれ。私にもお前の笑顔が必要なんだよ」

「はい。わかりましたわ。父さん」

お弓は源にやさしく微笑みかけた。


翌朝、出来上がった竹細工を村の組合まで届けに来た源は、そこで話している人たちの声を聞いてふと立ち止まった。

彼らの会話の中に自分の名前が聞き取れたからである。木の後ろに身を寄せてじっと耳を傾けているうちに、源はその話の内容を掴んだ。

やがて源は木の陰から出てくると、蒼白な顔を隠そうともせず、みんなの前に出て行った。

驚いて話を中断した村人たちは、黙ったまま、意味深長な目を交わしながら、無遠慮に彼をじろじろと眺めた。源は誰にも目をくれず、持ってきた竹細工を棚に置くと、黙って踵を返した。

その日一日、源は仕事もしないで、遅くまで山の中を歩き回った。

家では、夕暮れになって食事どきになっても家に帰ってこない源のことを、お弓は心配し始めていた。時間が経ち、暗くなるにつれて、気が落ち着かず、じっとしていられなくなった。

――何かあったのだわ。どこかで怪我でもして、帰れないでいるのかもしれない。

そう思ったお弓は、提灯を点して畑へ向かった。竹薮を通り抜けているとき、向こうから誰かがやってくるのが見えた。

「父さん？　父さんですか」

「お弓ちゃんかい、どうしたの？　こんなに遅く」

武一の声だった。

「ああ、武一さん。父さんを見なかった？」

「いや、見なかったよ」

「いつまで経っても帰らないものだから、心配で捜していたところなの」

「じゃあ、一緒に行ってあげるよ。一人じゃあ心細いだろう？」

「ありがとう。そうしてくださるとありがたいわ」

武一は提灯を手に取ると、お弓の足元を照らしながら先に立って歩いた。畑が近くなったとき、武一が何かに躓いて倒れ、その調子に、提灯の灯が消えてしまった。

「武一さん、大丈夫？」

あわてて武一の上にかがんだお弓の両手が、突然強く引っぱられた。そして、瞬く間に、お弓は武一に組み伏せられてしまっていた。

「お弓、俺はもう、待てないよ」

「あ、武一さん、放して。わかりました。お祝言はすぐに致します。だから、もうほんの少し待ってください」

「いやだね。その『もう少し』には愛想がついたよ」

武一の手がお弓の胸元に伸びた。

お弓は夢中でその手に噛み付いた。

「何をするんだ」

「やめてと云っているんです」

「なぜだ。源さんのほうがいいのか？　お弓は源さんの女になったのか？」

「何てことを云うの？」

「みんながそう云っているぞ」

「ひどいわ、そんな恐ろしいこと」

「じゃあ、黙って俺の云うことを聞くのだ」

「いやです。やめて、私は知っています。あなたが前からほかの女の人たちと……」

「ほかの女？　お弓が俺を撥ね付けるから、じゃれて見せただけさ」

「嘘に決まっています」

「おや、お弓、妬いているのかい？」

「そんなことありません……あなたなんて大嫌い」

「そうだったのか……」

武一の手は、荒々しく、お弓の帯を解き捨てていた。

「やめて……ああ……武一さん……武一さん……」


源はそっと家の裏戸を開けて中に入っていった。灯りが消えているところから、お弓が寝てしまったものと思い、音を立てないように台所に行き、水を飲んだ。

蝋燭に灯を点してみると、茶の間には、二人分の膳がしつらえてあった。

「あの子もまだ食べなかったんだな」

お弓の床を見た源は首を傾げた。

「どこに行ったんだろう」

源は家の外とその付近を捜していたが、いつの間にかお弓の名を呼びながら、走り回っていた。

必死になって桑畑を縦横に駆け巡っていた彼は、自分が泣いているのに気がつかなかった。

「お弓……どこにいるのだ、お弓……」

途方に暮れてしまった源は、一度家に戻り、もう一度水を飲むと、息切れのする胸を抑えて考え込んだ。

「そうだ、俺を捜して山のほうに行ったのかも知れない」

源があわてて、再び立ち上がったとき、裏戸が開いて、お弓が入ってきた。

「お弓！」

源は思わず走り寄ってお弓を抱きしめた。

だが、すぐに自分の動作に気づくと、いきなり顔をそむけて、怒ったようにお弓を突き放した。

「どうしたのだ、今までどこに行っていたのだ」

「父さんこそ、どこに行っていらしたのですか、私、心配になって捜していたところです。お顔を見て安心しましたわ」

後れ毛をそっとなでつけながら、ほんのりと頬を染め、うるんだ瞳で夢見るように微笑んでいるお弓の、異常なまでに美しい姿を見た源は突如、愕然として震えだした。

彼はそのとき初めて、はっきりと、自分がお弓を一人の女として愛しているという、動かぬ事実を見てしまったのだった。

「父さん、お食事をなさってください。今、汁を温めますから」

お弓は炊事場に行った。

源は乱打する胸の鼓動を、戦《おのの》きを持って聞いていた。

——何ということだ……。

「父さん、お独りで召し上がっていただけますか、今日は私、何だか疲れてしまって……申し訳ないのですが、お先に休ませていただいてよろしいでしょうか」

そう云うと、お弓は源の様子にも気づかないで部屋に入っていき、静かに仕切り戸を引いてしまった。

源は長い間呆けたように突っ立っていたが、やがて両手で顔を覆って座り込んだ。それから彼は、目の前の仕切り戸を凝視したまま、身動き一つせず、まんじりともしないで夜を明かした。


翌日、源は地主の家に行き、泣き伏して、驚くべき告白をしていた。

「お安を殺したのは私です。茂吉は無実です。若くて美しいお弓を自分のものとするために、邪魔なお安を抹殺して、罪を茂吉にきせました。けれども、私は自分の犯した罪の重さに耐えられず、どうしてもお弓に手をつけることができませんでした。お許しください。私は大変な極悪人です。どうぞ、私を逮捕してください。どんなお仕置きでも受けます」

お弓はそのことを知ると、動物のような叫び声を上げ、意識を失ってしまった。

役人が葦田からやって来て、源を連れ去ろうとした日、お弓は源のあとを追いながら、泣いて叫び続けた。

「父さん、嘘でしょう？　嘘だと云ってください。そんな恐ろしいこと、信じられません。なぜそのようなことをおっしゃるのですか？　父さん、私には何もかもわからなくなりました。何を信じたらいいのですか。何が真実なのですか？　すべてがあまりにも残酷です。どうしてこうならなければならなかったのですか。なぜ？　なぜなのですか……」


葛野は、源の告白を巡って沸いていた。

自分たちの推理が当たっていたことを誇る者、真犯人が掴まったことを喜ぶ者、驚く者、まだ事の成り行きを信じられないでいる者——それぞれが思い思いのことを表明しながら、落着した事件の話題を、日々の酒の肴にしていた。

「まったく、人は見かけによらないものだ」「色に迷った人間は思いもよらない罪を犯すものさ」というのが、最も頻繁に繰り返される言葉だった。

源の獄中に於ける自殺が告げられたのは、それから四日ほど経ってからだった。

そして同じころ、村人たちは、お弓が発狂していたことに気がついたのであった。

初め、お弓は髪を振り乱して、日夜構わず村中を歩き回っていたが、そのうちに川の中に着物ごと浸かって眠っていたり、甲高い笑い声を上げながら、桑の木畑や竹薮の間を走り回ったりするようになった。そして挙句には、急に押し黙ってしまい、家に閉じこもると、ぼんやりとしたまま動かなくなった。

近くに住む女たちは、そんなお弓の面倒を交代で見るようになったのだが、中から閉められた家の戸をこじ開けて入らなければならなかったことと、人が来ればお弓が恐ろしい声で叫び、あばれ出すことから、たいしたことはできないのが実情だった。

そんな状況が三ヶ月ほど続いたとき、女たちは、お弓が孕んでいることを知って唖然とした。「やっぱり源さんは……」

ちょうどそのころ、村に一人の背の曲がった痩せた男が現れた。

釈放された茂吉だった。村人たちは、気まずい思いを隠すように、陽気に彼を迎え入れようとした。

しかし、茂吉は誰に注意を払うこともなく、お弓の閉じこもっている家に入っていった。

翌日、茂吉は、畑で働かせてもらいたいと地主に申し出た。

「……何もそう無理することはないさ、茂吉さん、養蚕のほうが楽だと思わないかい」

地主はそう勧めたが、茂吉は後に引かなかった。

その日から、茂吉は不自由な体で畑の仕事をし、竹細工を作りながら、お弓をやさしく介抱した。

お弓は、茂吉が誰であるのかもわからなくなっていたのだが、どうしたわけか茂吉を見ると、嬉しそうに微笑んで、彼の云うことなら、何でもおとなしく聞くのであった。

茂吉は、自分が投獄されていた間に父やお弓の身の上に起こったことについて、誰にも何一つ尋ねようとしなかった。ただ黙々と働き、その稼ぎでお弓を養い、温かな、心の行き届いた世話をするだけだった。

六ヶ月余りが過ぎたとき、お弓は、無事に男の子を出産した。

茂吉はその子に景吉という名をつけ、大事にし、かわいがって育てた。

片手に赤子を抱き、もう一方の手でお弓の手を引いて、小川の辺りを散歩する茂吉の姿がときどき現れるようになると、村人たちは、黙って遠くから見とれた。

村人の胸のどこかに、彼を罪人に仕立てたという、後ろめたい思いが残っていたからばかりではなく、三人の姿を包む、形状し難い神聖さが、彼らに近づくことを許さなかったのであった。

景吉は美しい子だった。しかし、いつまで経っても、ものを云うことがなかった。

耳は確かに聞こえるのだったが、言葉が出てこないのであった。

茂吉は、そんな景吉を心から可愛がり、自分の知るかぎりのことを教えながら、二人だけにしか通用しない手話《しゅわ》を作り出して、景吉に話させ、それを嬉しそうに聞く――見るのであった。

景吉が十一歳になろうとしていたとき、長い間の無理がたたったのか、茂吉が倒れた。

彼は必死に病と戦った。どんなことがあってもお弓と景吉を残して死んではならなかったのだ。

しかし、病状は悪化するばかりで、余命が残り少ないことを悟った茂吉は思案の末、了禅和尚に景吉の将来を見てくれるように頼んだ。了禅はためらうことなくそれを承知した。残るお弓は、地主が引き取ることになり、茂吉はいくらか安心して息を引き取った。

その後、地主の夫婦はお弓を引き取ろうとしたが、彼らが近づこうとすれば、叫んで抵抗する狂女をその家から連れ出すことは不可能だった。こうしてお弓は一人で生き続けることになったのであった。

ところが、地主から頼まれて彼女の世話をするようになった女たちは、お弓が一人で結構ちゃんと生きているのを見て驚いた。よく叫ぶのと、呆けたような態度は変わらなかったが、身の回りがいつもきちんと整頓されていたし、近くの者が持ち寄るのか、食べ物も充分にあった。

お弓は一日中眠って過ごし、夜になって目を覚ましているようだったが、これと云って別状のないことから、世話女たちも安心して、自分たちの仕事を、お弓の着物をたまに替えることと、風呂をつかわせることだけに限定して、通うことも稀になっていった。

それから二年が経ち、雪のちらつきだしたころ、お弓は肺炎を患って、二日後にあっけなく死んでしまったのだった。

お弓の埋葬が済み、弔いの衆も皆引き取った。日が暮れて、寺には静寂が戻っていた。

二年前から景妙という名前をつけられて、寺の小坊主になって働いていた景吉は、涙を流しながらひっそりと母を弔ったあと、すでに部屋に退っていた。

了禅は独り祭壇に向かって座したまま、長い間動こうとしなかった。

「これで源さんの一家は、逝ってしまった……この悲しさはどうしたことか……哀れなお弓、茂吉、お安、そして源さん……」

彼の胸の内には、深い疑問と割り切れない思いが、燻《くすぶ》り返っていたのだった。源と茂吉の誠実さをよく知っていた和尚は、彼らの潔白を堅く信じていたから、源の家族が揃って不幸に陥り、破滅の道を取ってしまわなければならなかったことがどうしても納得できなかった。それは解きようのない一つの謎となって、彼の心を乱していたのだった。まるで、その謎を明かしてはならないとでも云うかのように、たった一人残された子供は、口が利けなかった。

了禅は、死んでいった家族のあとに空いた深い穴から、声にならぬ声が立ち上ってくるような気がしてならなかった。

了禅は目を閉じて、その日何度目かの経を唱え始めた。

しばらくして和尚は目を開け、経を中断すると、そのままの姿勢で尋ねた。

「どなたかな?」

「…………」

了禅はゆっくりと振り向いた。祭壇の灯がかろうじて届く辺りに、一人の男が座っていた。

「おう、武一か、しばらくだったな。何年ぶりだろう。もう十年になるかな」

「十三年になります」

「葦田で仕事をしているようなことを聞いたが……」

「………」

「お弓の気が触れたから、結婚する気がなくなり、逃げていったらしいのう」

「………」

「なぜ帰ってきた?」

「あなたと話すために」

和尚の語調から穏やかさが消えた。

「わしと? 何についてかな?」

「私の犯した罪について」

「ふむ、懺悔《ざんげ》か。して、それはどんな罪じゃ?」

「殺人です」

「誰を殺した?」

「お安さん……」

了禅は顔を上げた。

「ふざけてはならぬ」

「事実です」

了禅は、真剣な武一の顔をしげしげと眺めて、低く唸った。

「お前が殺した——というのか。……その罪のために、無実の男二人と若い娘までが——つまり一家族全員が破滅に追い込まれたのを知っているのか」

「はい」

「……それでも平気で生きてこられたのか」

「……生きてしまいました」

「なぜ、お安さんを殺したのだ。喧嘩でもしたのか」

「………」

「話すがよい。何があったのだ」

武一は静かに語りだした。


その夕暮れは蒸し暑かった。家に帰ろうとしていた武一は、しばらく前から、自分のあとを付けて来る希世の足音を聞いていた。

——忍び夜鷹に好かれたようだな。

希世の目的を察した彼は、微笑みながら道をそれて桑畑の中に入って行き、人目につかないところまで来て、いきなり振り返った。

希世は驚くふうも見せず、近づいて来ると、武一に微笑みかけ、その頬を撫でた。

「武ちゃん、すっかり立派になって……」

武一は、希世の咽《む》せるような甘い体臭に息を詰まらせながら、女の豊かな肩に手を掛けた。そして、その体を引き寄せようとしたとたんに、突き飛ばされた。

「何をするのよ」

武一はびっくりしてよろめいた。

「お希世さんは、俺のことが嫌いなのかい。あんたは男を悦ばせてくれる女じゃあなかったのかい」

「お前はそんな馬鹿なことを云うものじゃあないよ」

「いいだろう？」

武一は希世にもう一度近づいて抱き込もうとしたが、今度は強い平手打ちを受けた。

「止めなさいって云っているでしょう」

「どうして？」

「いくらいい男でも、自分の息子を抱くのは御免だからよ」

「何……何だって？」

「自分の息子は抱かないと云っているの」

「息子？　誰のことだ？」

「武一のこと。武ちゃんは私のかわいい息子なのよ」

「黙れ！　気違い女め。とんでもないことを云うんじゃあない！　迷惑千万だ」

武一は飛び退って叫んだ。

「怒ったって事実は事実。あんたは私が十六歳のときに、葦田で産んだ子よ」

「黙れ！　黙れ！　黙れ！　俺は夜鷹の息子なんかではないぞ」

「お好きなように。せっかく母子水入らずで、楽しく話ができると思ってきたのに」

武一は怒りで真っ赤になると、足元の石を拾った。

「おお、怖い、武ちゃんがそんなに怒りっぽい子だなんて知らなかったわ」

お希世は逃げ出した。

石を振り上げて、逃げていくお希世を脅しながら、武一は大きく肩で息をしていた。

「気違い女め、死んじまえ！」

そのとき、彼のすぐ後ろで小さな音がした。振り返ると、そこにはお安が立っていた。

「おばさん、そこで何をしているんだ？」

「……も、茂吉を捜して……」

「おばさん……聞いていたの？」

「い、いいえ……」

「聞いていたんだろう？　何を聞いたんだ？」

「な、何も……」

武一はお安に飛び掛り、その胸倉を掴んだ。

「嘘だ！　云え、云うんだ、何を聞いたか」

「聞いたわよ。だったらどうなの？　あんたがお希世さんの息子で何が悪いの？」

「黙れ！　俺はあんなあばずれの息子じゃあない！　あいつは頭がおかしいのだ」

武一は掴んだ胸倉を激しく揺すりながら突き放した。

お安はよろけながら襟元を直して、からかうように云った。

「でも、そう云われてみれば、二人よく似ているわ」

「何だと！」

武一はいきなり、石を持った手を上げた。お安はびっくりして逃げようとしたが、もう遅かった。

武一が憤激をこめて振り下ろした石は、まともにその頭を砕いた。お安は「うっ……」と云ったきり、崩れるように倒れたのだった。


武一が自分のやってしまったことに気づいたのは、それからしばらく経ってからだった。まだ手の中にあった石が血に染まっているのを見たとき、彼は震えだし、わめきながら、石を投げ捨て、そこから逃げ出した。


微動だにせず話を聞いていた了禅は、祭壇に向き直り、念仏を唱え始めた。

それがしばらく続いたあと、和尚は沈黙した。

「まだそこにいるのか」

「はい。もう少し聞いていただきたいことがあります」

「何だ」

「お弓の生んだ景吉が私の子であること」

「源さんの子ではなかったのか」

「あの二人には、父娘の関係以外の淫らなものはなかったはずです」

「……それだけか」

「まだ……」

「何だ」

「……私の父のことです」

「友八さんがどうかしたのか」

「私の父は友八さんではありません」

「ああ、そうだった。武一は養子だったのだな。お前の父がどうかしたのか」

「私の父が誰であったのかを、希世から……母からやっと聞きだしました」

「それで？」

「……了禅さん、あなたは、若いころの希世をよく知っていたのでしょう？」

突然、了禅は振り返った。両眼を見開き、口を開けた顔が、信じられないといったふうに傾いた。

「何と……？」

「希世は十五歳から十六歳にかけて、寺で小間使いとして働いていたはずです。その間、希世は何度もあなたの部屋に忍び込み、誘惑したのではありませんか？」

了禅の目が宙を舞った。

「確かにあの子は執拗にやってきた」

しばらくして彼は、かすれた声でつぶやくように云った。

「まさか……まさか……あのときの……心の弛みが……」

和尚の唇が小さく震えだした。

「お前の……お前の父は……このわしだと云うのか」

唇の震えは両手にまで広がった。

「はい……希世は、自分が孕んでいることを知ると、村を逃げ出し、葦田で私を産み落としました。そのあと、知人に乳飲み子を預けて、どこかで派手な仕事をしていたらしいのですが、迷惑がった知人は、たまたま養子を探していた葛野の地主に、孤児だといって赤子を売ったのです」

「……売られたその赤子が……わしの息子……お前だったのか……」

了禅は全身で震えながら、武一を凝視した。

「……ということは、源さんの家族を襲ったすべての悲劇の総元は、わしにあったということになるのか……おお、何と恐ろしい巡り合わせであろう……」

やがて、顔を伏せると、了禅は苦しそうに云った。

「行け、行くのだ。もうわかった。頼むから一人にしておいてくれ。お前の云いたいことは聞いた」

「まだ……」

「これ以上残酷な事実がまだあるのか」

「……これだけは……これだけは、どうしても云っておきたいのです」

「云うがいい。好きなだけ、わしを打ち砕くがいい」

「私のお弓に対する愛が真実なものであったことを信じてほしいのです」

「お安を殺し、無実の男たちが投獄されるのを黙って見ていた上に、お弓に子供を産ませて逃げていたお前に、そんなことが云えるのか」

「……おっしゃる通りです。間違いなく、私は残忍なだけでなく、途方もなく卑怯な人間です。人を不幸にするために生まれてきたのでしょう。それを否認する気はありません。ただ、お安さんを殺したあとに起こったことを聞いてください」

武一は深く息を吸い込んだあと、続けた。

「……自分のやってしまった取り返しのつかないことに気がついた私は、川辺の小屋に走りました。そこは茂吉が自分の住家のようにして使っている道具小屋でした。

茂吉は幼いころから、私の一番好きな友達でした。茂吉は、私の知らないこの世の不思議をいろいろ教えてくれる素晴らしい友でした。村の子供たちからいじめられている彼を助けるのはいつも私の役目でした。ですからあのあと、親友の茂吉のところに駆け込むと、何もかも洗いざらいさらけ出し、番所まで一緒についてきてくれるよう頼みました。すると、長い間じっと考え込んでいた茂吉は、私の両肩に手を置いてこう云ったのです。

『ちょっと待ってくれ。武ちゃんは、うっかりしてかげろうを踏みつけてしまったのさ。哀しいことだけれど、踏みつけるつもりはなかったんだ。それに、考えてみれば、もしかしたら、俺が同じかげろうを踏んでいたかもしれないのだよ。つまり、俺はあの義母さんのいびりに、いつまで耐えていられたかわからなかったんだ。

いいかい、このことは決して誰にも何もしゃべってはいけないよ。俺には考えがあるんだから。武ちゃんは、いずれお弓と一緒になる身だ。だから、お弓を仕合せにしなければならない。それは武ちゃんが果たさなければならない義務なのだよ』

『義務？』

『そうだ。なぜなら……よく聞け、俺もお弓が好きなんだ。どうしようもないほど好きなのさ。だが、俺は片端《かたわ》で醜いばかりか、お弓とは兄妹だ。それに、お弓はお前を心から恋い慕っている。だから、この俺のために、二人で仕合せになってほしいんだ』

『だが……わからない』

『すぐにわかるさ。さあ、心配しないで家へ帰って休むのだ、さあ、帰れ。何も云っちゃいけないよ。誰にもだよ。約束だ』

私は、茂吉に肩を押されて家に帰りました。

その翌日から、村中が勝手な憶測を働かせて、あらぬ噂をでっち上げ、とうとう茂吉を犯人として槍玉に上げました。私はもう我慢ができなくなり、自首するつもりで、茂吉の尋問の行われている場所に駆け込みました。すると、茂吉は恐ろしい目で私を睨み付け、低く一言『お弓』と云ったのでした。私は胸を詰まらせ、泣きながらそこを出て行きました。

茂吉は投獄されました。そんなことがあったあとで、犯罪の意識と、茂吉を身代わりにしたという意識を持って生きるのは耐え難く、お弓の顔を見ることすら憚るようになりました。ところがそのうち源さんとお弓との、あらぬ関係を噂する者が出てきました。それを知った私は、一日も早く祝言をあげようとしたのですが、父を哀れむやさしいお弓はそれを引き延ばすばかりでした。

了禅さん、私には源さんが嘘の自白をし、自殺までしなければならなかった理由がわかりません。それが茂吉を取り戻すためだったのなら、なぜ二年も待ったのでしょう。

……もう止めます。そこにどんな理由があったとしても、私の罪は消すことができないのですから……そしてその罪が引き起こした悲劇の源泉も、無論私です。私は今日、それを云うために来ただけで、あなたを責めるために来たのではありません。では、行きます。おたっしゃで、了禅様」

武一は立ち上がると、冷え切った闇の中に溶けるように消えて行った。

了禅は床《ゆか》に臥せって呻いた。

翌日、武一の屍が村はずれの滝壺の中で発見された。

了禅は、打ちひしがれたように、読経以外はもの一つ云わないで、葬儀を司った。

それからの一日一日は和尚にとって、つらい試練の積み重ねであった。

——若かったとは云え、自分がもしあのとき希世の誘いに負けていなかったら、武一は生まれておらず、源一家の悲劇は避けられていたのだ……自分さえいなかったら、何も起こらなかったのだ……という思いが、絶えず頭の中を駆け巡っていたからだった。しかし、いくらつらくても了禅には、茂吉から預かった景妙がいた。自分の孫であることも知らず面倒を見てきた子だったが、ここで約束を破り、彼を置いて死ぬこともできなかった。

そうして毎日ただ、惨劇のもとを生んだ自分の宿命を嘆いていた了禅は、ある日、彼の犯したもう一つの、深い罪に目覚めた。

それは、なす術も知らず苦しみの底を舐めていたであろう自分の息子に、如何なる理解も見せず、慈愛のやさしい言葉の一つも与えず放り出し、彼を、まるで当然であるかのように死に送り込んだことであった。自分のその冷酷さと身勝手さに気づいた了禅は、身の置きどころがなくなるような苦悶の日々を送るようになったのだった。

そんな了禅のもとに、ある日、一人の老いた樵が訪ねてきた。

「せんだって亡くなられたお弓という娘さんのことで、何ともおかしなことがありましてね。それをどうしてもお尚さんに聞いてもらいたいと思いまして」

「おかしなこと？」

「へい。あれは、あの娘さんの世話をしていた茂吉さんという方が亡くなられてから間もなくのことだったと思います。顔中髭だらけの一人の浮浪者が宿を求めて私の家にやってきました。私は独り暮らしですから、『こんなあばら家でもよければ』と云って承知しました。私の家は村からずっと離れた森の中にありますせいか、ときどき、追われた罪人などが逃げ込んでくることがあります。その男も多分そんな輩《やから》の一人だろうと思っていたところ、案の定、男は私に金をくれまして、自分のことを誰にも口外しないでほしいと云ったのです。数日一緒に生活しているうちに、私はその男がすっかり気に入ってしまいました。杉作というその宿無しは、驚くほどやさしくて細かいところまで気のつく人間で、今まで淋しかった私の家が急に明るくなったほどでした。ところがそのうち、杉作は夜になると、二人で作った食べ物を少し持って毎日どこかに出かけるようになり、朝まで戻らなくなりました。不審に思いまして、ある日そのあとをつけていきますと、杉作は、気の触れたお弓が一人で住んでいる家の中に入って行きました。杉作は家に入ると、戸も窓も中から閉めてしまいました。私はあの男が、何もわからない娘を手籠めにでもする気なのではないかと思って、外から窓の羽目板を少しはずして中を覗いてみました。すると、何と、杉作は家の中を片付けたり掃いたり、食べ物を用意したりして娘の面倒を見ていたのでございます。そして、何かむずかっている娘のそばに座ると、赤子をあやすように、やさしく話しかけ、低い声で歌ってやっていました。すると娘はそれがわかるのか、いかにも嬉しそうに、杉作の膝や肩にもたれて、ニコニコと笑うのでした。真夜中が過ぎたころ、杉作は娘の手を取り、外に出て、家の近くを一ときほど歩かせていました。それが済むと家に戻り、娘が眠り込む明け方近くまで、物を食べさせたり、折り紙を作ってやったり、髪を梳いてやったりして、辛抱強く相手をしていたのでございます。それは何とも云えず微笑ましい、夢のような光景で、私は我を忘れて、ついつい夜明けまで見とれてしまったほどでした。

そのあと、あの二人をどうしたものかと考え込んだ私でしたが、気の触れた女の面倒を見てくれる奇特な暇人ができたことは、ただ喜ぶしかありませんでしたから、誰にも何も云わず、そっとしておきました。

そんな毎日が、あれから二年も続いたのでございます。そして先日、杉作は私のところにきて『お弓が病気になった。急いで和尚さんを連れてきてくれ』と顔を曇らせて云いました。ところが了禅さんが来てくださったり、近所の女たちが駆けつけたりしているうちに、杉作は姿を消してしまったのでございます」

樵は皺だらけの手で顎をなでたあと黙り込んだ。

「……そうでしたか。よくぞ話してくださいました。礼を申します。いい話です」

「この世に、あんな人ばかりがいればよろしいのですがね」

そう云ったあと、何度も頷きながら去っていく老人を見送って、了禅は長い間佇んでいた。そしてやがて低く呟いた。

「武一……お前だったのか……」

了禅の目に、初めて涙が光った。


了禅はその日から毎日、源の家族の墓で念仏をあげたあと、武一が死ぬ場所として選んだ滝に行って数珠を繰った。

そんなある日、同じ滝の淵から身を投げようとしていた欽介に出会ったのだった。

了禅は、そのとき、この人こそ仏が自分に送ってくれた人間なのだと悟った。そして、自分を耐えがたい苦しみから解き放ってくれるのも、景妙を安心して預けられるのも、この人を除いてほかにはいないと確信したのだった。

欽介が寺に来るのを待ち受けていた了禅は、密かに彼を自分の後継者にする工夫をした。

それは、愛しそこねた我が息子の武一に、自分が一日も早く合流するための計略であったかもしれなかったが、そうすることが同時に欽介を救うに違いないことを信じていたからでもあった。


了禅は逝き、尚慶となった欽介は寺に残った。

尚慶は景妙を心から慈《いつく》しみ、景妙は尚慶を深く慕って、穏やかな日が過ぎていった。

彼を空き家から追い出した盲目の女が希世であったことと、空き家が源の家であったことが教えられたのは、その後間もなくであったが、尚慶には知らされるまでもないことであった。

葛野の民は、源の家族を滅亡に導いた、自分たちの軽率な邪推や噂というものの脅威を知り、反省していたに違いなかった。当分の間は、彼らが同じ過ちを犯すことはないかもしれなかったが、尚慶は、人間の本質というものが、そう簡単に変わるものだとは思っていなかった。

――人間であるかぎり、天国を知り地獄を知るのは、我々の運命《さだめ》です――と云った了禅和尚の声は、彼の耳から離れることはなかったのだ。


尚慶はもう、以前の侍ではなくなっていた。それは勿論、仏道に足を踏み入れたせいであったかもしれなかったが、何より、その村で起こった悲劇を通して、彼が今まで知ることのなかった、人間の持つ真の悲哀に触れたからであった。

それは、制度と形式から成る武士の世界が生み出す悲哀とは異なり、裸の人間たちが裸のままに生み出し、裸のままで葬《ほうむ》る、生身《なまみ》の、どこまでも純粋に人間的な悲哀にほかならなかった。

尚慶は、悲劇をそのまま、この小さな村に咲いたまばゆいばかりに美しい一輪の花として受け止めていた。

ひたむきな愛の舞に散っていった五人の人物に深く想いを寄せていた尚慶の心の奥には、いつの間にか、その一人ひとりが不死のかげろうとなって住みついてしまっていたのであった。

更に一年が過ぎようとしていた。

尚慶はその日の暮れ時、一夜の宿を求めて寺を訪ねてきた一人の旅人に部屋を与えた。

尚慶より少し若いかと思われる礼儀正しい青年だった。

夕食が済んで就寝の用意をしていた青年は、部屋の外から「どうぞ」と、声をかけられて、障子を開けた。

廊下には、小坊主が座っていて、もう一度「どうぞ」と繰り返すと、彼を本堂のほうに導いていった。

暗い本堂には、和尚の姿は見当たらなかったが、一人の侍らしい男が正座していた。

「恐れ入りますが、しばらくお時間をいただきとうございます」

侍は低い声でそう云うと、深く一礼し、彼に座を示した。

客は、不審そうな顔をして座を取ったが、侍を見て、思わず目を凝らした。

「貴方は先ほどの和尚さんでは……?」

侍はそれに答えず続けた。

「貴方様は、確かに摂津の国からいらした溝口康一郎殿でしょうか」

「はい。確かに。先ほど申した通りです」

「仇討ちの敵を追って旅をしておいでのお方と相見ました。溝口様、ここがその旅の終点でございます。貴方様のお求めになる佐上欽介は、ここに居りましてございます」

「何と！」

「ご安心ください。私は逃げも隠れもいたしません。裏山に適当な空き地がありますので、そこで仇討ちを無事に遂げられて、お国に戻り、堂々と家名を継承なさいますように、手はずを整えさせていただくつもりです」

「何と仰せられる……」

「ただ、その前に一つだけ頼みがございます。そこに控えております小坊主の景妙は、俗名を景吉と申しまして、先代の住職の孫で、口が利けません。先代の依頼で、私が親代わりとなっておりました。しかし状況が変わりました今、ご迷惑だとは存じますが、私の亡きあと、この景妙の面倒をあと二、三年で結構ですから見ていただけないでしょうか。貴方様が信頼に値する方であられることを一目で見て取った私の最後のお願いでございます。費用の足しに、ここにあります私の二本の刀剣と、短剣、それに、旅の道中に剣で稼いできた金子を僅かばかりですが置いておきます」

しばらく深い静寂が本堂を包んだ。

「お断りいたします」

「……何を？」

「景妙さんとやらを預かることです」

「では、私がほかの人を探す間お待ちいただけましょうか」

「それもお断り申す」

「なれば、止むを得ず、私は貴方様と刃《やいば》を合わせることに相成りましょう。その場合、貴方様が返り討ちになることは、ほぼ確かでございます」

悲しげにそう云った尚慶の目は、自分に微笑みかけている客の顔に出会い、狼狽の揺れを見せた。

「思い違いをなさらないでください。私は、誰も追ってきた覚えはございません。むしろ逃げて彷徨う人間でございます。父の犯した罪から逃げ、その犠牲になった人たちから逃げ、恥から逃げているのです。それに、穢れた家名を継承するなど、そこまで私は腐っていないつもりです」

「何と……」

「私がまだ幼いときに、母は父の生き方に我慢できず、私と弟を連れて、母の実家へ逃げました。それにひどくて腹を立てた父は、私たちを無理やり家に連れ戻し、毎日、母と子供を罰しました。母はそれに耐えられず自害し、弟は家を逃げ出してしまいました。長男として家に残っていた私の苦しみが終わりを告げたのが、父の息が絶えた日だったと云ったら、すべてはおわかりになりますでしょう。これ以上細部にわたって話すことを控えさせてください。死んだ人間を誹謗することはつらいからです。ただ、私が仇討ちのことなど一瞬として考えたことがなかったのはご承知置きください」

「…………」

尚慶は云うべき言葉が見つけ出せず、途方に暮れて、ただ俯いていた。

翌朝、溝口康一郎は尚慶の読経を聞いたあと、旅支度をすると、尚慶に向かって深く頭を下げて礼を云い、寺を去っていった。

複雑な気持ちで一日を過ごした尚慶は、夕方になって寺に戻ってきた康一郎を見てびっくりした。

「何かお忘れものでも……」

「いえ……あの、もし……」

「もし?」

「もし私がこの村に住むことになりましたら……ご迷惑でしょうか」

「は?……」

「私はここに着いたときから、この村がなぜかとても気に入っていました。こんなにのどかで穏やかな場所で生きられたら、暗い過去と縁を切ることができ、仕合せになれるのではないかと夢を見たくらいでした。

その上、ここで貴方様に巡り会ったことが、どうしても偶然とは思えないのです。私は、貴方様にお目にかかった瞬間にそのお人柄を見抜きました。そして、私たちの運命を繋ぐ一筋の糸のようなものを感じたのです。そのせいでしょうか、私はこうして舞い戻ってきてしまいました。百姓でも、樵でも、そのほか何でもするつもりです。便宜を図ってはいただけないでしょうか」

康一郎は、葛野に住み着いた。畑を耕すことを学び、養蚕の仕事を手伝い、竹細工にまで手を出していた。

のちに、彼の嫁が産んだ子供の名づけ親になったのは、尚慶であった。

やがて村人たちは、景妙と共に幼い子の手を引いて小川の縁を散歩し、小さなかげろうを眺めている尚慶の姿を、時折見かけるようになった。

雀の宿

「よし、わかった。よくわかったさ」

恒介はいまいましげにそうつぶやくと、腹を決めたように膝を叩いた。

二年もかけて完成させた船の設計図を持って、はるばる長崎までやって来たのに、いとも簡単に図面は返却されてしまったのだ。

「残念ですが、他の案が採用されましたので」ということだったが、恒介は知っていた。安全性の高い斬新な設計を求めるのが建前の造船当局は腐敗していることを。

自分の図面など、誰も見てはくれなかったのだ。見てくれたとしても図面のわかる者の数は知れている。先回の場合と同様に、官僚内に何らかの「つて」が無いかぎり、見込みが無いということを遠回しにほのめかしてくれた人がいた。

——これが実現されれば、まさに夢の船なのになあ。彼等はすぐに沈没しそうな下らない船を莫大な金を費やして何隻も造っては捨てている。それに比べれば俺のは……止めよう。もう二度と来ないぞ。そして、この船を自分の力で造り上げて見せるんだ。今に見ていろ。

恒介は翌日を待たずに宿をたたんで熊本の白河へ向かった。

何日もかかってやっと家に着くと、従僕の茂平が寝ていた。隣の家のお留ばあさんが来て、甲斐甲斐しく世話をしているのを見てびっくりした。

もう六年ほど恒介と茂平は二人だけの暮しをしてきたが、その間、老人は一度も病気をしたことがなかったのだ。病気と茂平はまったくつながらなかった。だから、蒼い顔をして、今にも死にそうな様子の茂平を初めて見た恒介は、突然世の中がひっくり返ってしまったような印象さえ受けたのだった。

「どうした、爺」

「若様、私はもう駄目なようでございます」

「何を云う、ばかな。風邪でも引いたのだろう」

「いいえ。本当です。これが寿命というものでございましょう」

「どうしたんだ。お前らしくもない」

「それより、船のほうはどうなりました?」

「駄目だ。望みを持つほうが間違っていたのさ。そんなこと心配するな」

「だから申し上げた通りに、ご自分で造られるとよろしいのです」

「爺はいつも簡単に云うな」

そのとき、お留ばあさんが声を落として恒介を呼んだ。

「浅井様、ちょっと……」

隣の部屋に入ると、お留はそっと襖を閉めて云った。

「茂平さんは三日前に庭で倒れていたのですよ。お医者に来てもらいましたが、余命は十日から二十日ぐらいと診断なさいました。浅井様が間に合って帰ってくださらないのではと、私は気が気ではありませんでしたよ」

「何だって？　茂平は病気持ちじゃあないし、そんな年でもないだろう」

「心の臓が、もう駄目なんだそうです」

恒介は茂平の部屋に戻ると、寝床の脇に座り、じっと老人の顔を見つめた。

「苦しいか」

「いえ、それほどでも……」

「何をしてほしい？」

「貴方様が元気でいてくだされればそれだけで……」

恒介は胸が締め付けられるように苦しくなった。

毎日一緒に住んでいながら、その控え目な存在に、じっくりと目を向けたこともなかった自分に初めて気づいたのだった。

自分と自分の忘れてしまった過去をつなぐ唯一の人。自分を死から救ってくれたばかりか、今日まで我が子のように大切にして面倒を見てくれた茂平。

「爺……行ってはいやだ」

「私も、もっと長くおそばで生きていきとうございます」

「行くな」

「恒介様……」老人の声がかすれた。

「恒介様。私が逝きましたら……」

「云うな」

「逝きましたら、私の持ち物を残らず見てください」

「なぜだ」

「貴方様の過去のかけらがそこにございます。その過去と縁を切るおつもりならば問題はありませんが、もし……もし……」

「心配するな。縁は切る。俺はここで武道を教えてゆく。そして、いつか自力で船を建造してそれに乗って支那へ行くのじゃ。爺もついて来い」

「はい」

その返事を聞いたとたんに、恒介は布団の上に伏して、老人の小さな体を抱いてうめいた。

「ついて来い……」

子供のころにもこのようにして爺に駄々をこねたのかもしれない。しかし恒介にはそれを知る由もなかった。二十六歳になった恒介の、十九歳以前の生活はこの老人の内にだけ保持されている。ただ両親が死んでしまって、身寄りが一人もいなくなったことと、自分が何かの拍子に記憶を失ってしまったこと以外の過去は、すべて幾重にもたたまれて、茂平の頭の中にしまわれているのだった。

消えてしまった過去について、あまり語ろうとしない老人を見て、恒介も深くつっこんで尋ねようとしなかった。なぜか、それが不吉で暗い色に塗られているような気がして、知るのが怖かったせいもあった。

だが、自分の過去に関心がなかったわけではなかった。むしろ、それについて触れることがなければないだけ、頭の中には様々な疑惑や憶測が乱入してきて、殆ど耐えがたいと云っても云いすぎでない日々を送ることがしばしばあった。

しかし恒介には一つの夢があった。それは船の夢だった。小さいころから船が好きだったことだけは疑いがなかった。

白河に来て、茂平と住むようになってから、しばらくぶらぶらしていた恒介は、ある日、机に向かって船の絵を画いていた。そのうちにその船の解体図を念入りに作成している自分に気づいて頭をかしげた。

——悪くないぞ……。大した腕だ。ふむ、ふむ、ひょっとすると、俺は天才かも知れぬぞ。

その日から、暇さえあれば頭に浮かぶ種々の船の絵を描き、その設計図を画くようになった。ふんだんな量の用紙と、筆、烏口、線引きの道具が数種、いつの間にか机の上に並べられていたのを見た恒介は、茂平のところに行って尋ねた。

「船は前から画いていたのか」

「小さいころからお上手でした」

「かなり本格的だな」

「そりゃあもう、とても本格的でした。恒介様の造られた船がいつか海に浮かぶことを、私は疑ったことがございません」

恒介はその言葉を聞くと胸がわくわくしてきて、躍り上がりたくなったものだった。

船の模型を木で造り出したのもそのころからだったが、それが初めての仕事でないことを、ひとりでに動く指が証明していた。

船の夢に没頭し始めてから一年ほど経ったとき、茂平が呟くように云った。

「そう家に閉じこもりきりではお身体によくありません。武道でもなさってはいかがでしょう」

「ふん。そう思うか。爺がそう云うのなら」

と、恒介はいとも簡単に承知して、その日のうちに、ある道場の門を叩いていた。

実を云えば、そのころ、知らない過去が暗い深淵から沸きあがってきて、彼の胸の中でくすぶり、異様な不安を生んでいた。それを克服するために何かやらねばと思っていた矢先のことだったから、茂平の勧めに喜んで飛びついたのであった。

道場では、控え目で朴訥な彼は皆に好かれ、また、剣の上達もめざましかった。友達もできて外出することも多くなり、何かと忙しくなったが、船を忘れることは決してなかった。

恒介は道場に入って数年後、ときどき師範の代理を任せられるようになり、僅かだけれども礼金を貰って来るようになった。

茂平は恒介の持ち帰る銭を受け取ろうともせず、「お小遣いになさいませ」と云った。

「爺、前から聞こうと思っていたのだけれど。我々は一体どうやって生活しているのだ」

「ご両親から当時戴きましたお金が、まだ充分に残っております」

「そうか」

それでも恒介は、稼いだ金をきちんと老人に渡した。

そんなある日、長崎で二年に一度、一般から造船の案を募っているという噂を耳にした。恒介は早速、図面の一枚を持って出かけた。しかし図面を手渡してから何日経っても音沙汰がなかったばかりか、図面さえ戻ってこなかった。今回は二度目だったが、落選しても、図面だけはしっかりと取り戻した。そして金輪際こんなばかばかしい試みなぞやるまいと心に誓ったのであった。


恒介の看護の甲斐もなく、茂平は十日もしないで死んだ。

あまりに急なことで、心に準備のできていなかった恒介は途方にくれた。

母親の温かさも優しさもわからなかったけれど、茂平を失うことと母を失うことの悲しさに大差はなかろうとさえ思った。自分を信頼する以上に信頼してきた人だった。

「ありがとう……爺。いつかそのときが来たら、お前のところに直行するぞ。間違いなく待っていてくれ」

恒介は文字通り、うちのめされていた。深い絆で結ばれていた、たった一人の友であり親でもあった爺に、充分な感謝も愛情も表明しなかったことが、何よりつらかった。

恒介はぼんやりとして時を過ごした。いつまで経っても何も手につかなかった。道場も休んだ。

隣のお留が心配して、食事を運んでくれたが、それにすら手をつけることは稀だった。

そんな日の午後、縁先でぼんやり庭を眺めていると、隣の家からお留ばあさんの甲高い声が聞こえて来た。

「わかっていますよ。だから、もう二、三日待ってくださいと云っているでしょう。まったくどこかの殿様みたいな顔して家賃、家賃と偉そうなこと。貧乏人はいつもいじめられる役ですよ。はい、はい、わかりました、確かに三日後に。はい」

お留の不満そうな声はしばらく続いたが、借金取りが帰ったのか、やがて静かになった。

――家賃…。そうだ、そうだ。うちの家賃はいくら、誰に払えばいいのだろう。

今まで、そんなことは一切茂平に任せっきりだったから何も知らない恒介は、急にそのことが気になりだした。

腰を上げた彼は茂平の部屋に行き、押入れを開けた。

茂平の持ち物は僅かなものだった。着古した数枚の着物と、下着類や足袋などがきちんと整理されて置かれているほかは、たいしたものはなかった。

恒介はその着物の一枚を手に取って顔に当てた。爺の匂いが身体中に広がったとき、恒介は初めて咽び泣いた。そうしていつまでも動かなかった。

着物を元に戻したとき、ふと、奥のほうに隠れていたきれいな箱が目についた。それを引き摺り出して蓋を開けると、中から線香の香りが上がってきた。茂平は仏壇に、いつもいい匂いのする線香を焚いていた。恒介の両親の冥福を、そうして祈ってくれていたに違いなかった。

線香の詰まった箱の下には、数枚の書類があった。取り出してそれを読んでいるうちに、もう家賃の心配をする必要のないことがわかった。

六年前にこの家は恒介の名で買い取られていた。書類は家に関するものだけであった。箱の中身はまだあった。かなりの金額が桐の小箱にいれてあり、その下に分厚い布に幾重にも包まれた重い物があった。布を開けてみると、麻の小さな袋が出てきた。袋の口の紐を解いて中を見て、恒介は腰を抜かしそうになった。

「金……純金?……」

不揃いの小さな粒の金がこぼれ出た。

――そうか。これで我々は生きてきたのか。両親がくれた物というのは、これだったのか。

金……しかし、その高価さにもかかわらず恒介はさして嬉しいという感動が持てなかった。むしろ、その物質に付随してくる悲劇とか犯罪の匂いが、彼の眉をしかめさせた。

――だが、この金が不正に得られたものであるという確証はない。善良そのものの茂平を見ていればわかることだ。

袋の口を締め直したとき、その下で何かが黒く光っているのが目についた。それは一つの細長い印籠で、中には見たこともないような変わった形の鍵が一つ、紫色の絹の布に包まれて入っていた。印籠をよく見ると、底の部分に小さく名前が書いてあった。

——笹生谷　浅井忠兵衛

これは父の名だ。茂平から聞いたことがある。そして笹生谷というのは住んでいたところに違いない……どこにあるのだろう。茂平はなぜ、笹生谷について何も話そうとしなかったのだろう。

翌朝、恒介は食事を運んで来てくれたお留に云った。

「お留さん、いつもありがとう。感謝しています」

「感謝しなくてよろしいですから、何か召し上がってくださいな。でないと、茂平さんも悲しがりますよ」

「そうでした。今日は必ず食べます。ところでお留さん、もしよかったら、家族でここに家移りして来ませんか。この家は私一人が住むには大きすぎます。御主人の仕事がはかばかしくないことも聞いていますし、私はしばらく旅に出ますので、大っぴらにここを自分の家だと思って住んでもらえないでしょうか。ここに少しばかりですが、管理料を置いておきます。勿論私が帰ってきてもお留さんを追い出したりはしません。これがその証明書です。承知してくれますか」

お留は口をあんぐり開けたまま、返事もできずに恒介の顔を見ていた。

道場の主や友、お留とその家族に別れを告げて、いく枚かの船の図面と金、印籠を携えて恒介が旅に出たのは茂平が去って五十日目のことだった。

笹生町というのは、白河から北に行ったところに一つと、東のほうに一つあったが、笹生谷というところを知っている人はいなかった。仕方がないから東の笹生町に向かって二日ほど歩いていると、三田というかなり大きな町に着いた。夕方、宿を取ってから、河原付近を散歩していると、三月の肌寒い日だというのに、一人の男が川べりに大の字になって寝転がっていた。

男はよれよれの着物を着ており、酒樽から出てきたのではないかと思われるほど強い酒の匂いを四方に放っていた。

傍を通り過ぎようとしたとき、男は不意に起き上がって恒介を見た。

「恒介……か？」

恒介はびっくりして男を見た。

「恒介か」

男は繰り返した。

「……そうだが」

「死んだんじゃあなかったのか」

「死んではいないらしい」

「……らしいな……。お前、俺を覚えていないのか？」

ぽかんとして立っている恒介を眺めながら、男は回らぬ舌で聞いた。

「いや……何も覚えていない。記憶を失った。失礼だが貴公は誰だ？」

「成次郎だ。わからんか」

「わからん。友達か」

「まあそういうことだ」

「じゃあ、私の両親を知っているか」

「知っているさ。浅井中兵衛さんと藤さんだ。死んだぞ。二人とも殺されたわい」

「殺された？　誰に」

「知らんわい。だが、悪い奴らにきまってらあ」

「どこで？」

「笹生谷だ。お前の住んでいたところさ」

「それはどこにある？」

「南だ。ずっと遠い南西のほうだ」

「貴公はここで何をしている？」

「御覧の通り、飲んだくれているさ」

「家には帰らぬのか」

「帰らん」

「私がなぜ記憶を失ったか知っているか」

「さあね。崖から落ちて死んだことになっている」

「私と一緒に帰らぬか」

「いやだね」

男はふてくされたように、また寝転がったが、急に起き上がって充血した目をむいて云った。

「帰るつもりならやめろ。殺されかけたお前だ。ろくなことはないぞ」

成次郎は再び大の字になると、何やらぶつぶつ云っていたが、そのうちに眠り込んでしまった。

――成次郎……友達か――。笹生谷は南だ。

翌朝、恒介は河原に戻って成次郎を探した。素面《しらふ》になってまた来るかも知れないと期待していたが、昼まで待っても彼は現れなかった。

その午後、恒介は南に向かった。

ただひたすらに南西方向を目指して歩いているうちに、笹生谷を知っている人にやっと出会えた。詳しく道順を聞いて、恒介は歩を速めた。

四日目。目の前に、藍岳《あいだけ》が高く聳えて見えた。笹生谷はその一連の山を越えたところにあるらしかった。山は高く険しかった。

――爺。大変だったろうな、私を連れてここを超えるのは……。崖から落ちたのだったら、恐らく私は傷ついていたに違いない。

恒介の脳裏を、つらく長い山道を黙々と歩き続けたようなかすかな思い出が横切っていった。

やっと頂上に着いて見廻すと、淡い霧の下に、三方を青い山に囲まれた緑の谷が見えた。

――あれが笹生谷か……。

山の青さが裾に近づくにつれて深い緑色に変わっていって、その緑は谷まで来ると、あざやかな浅緑となっていた。若緑の田畑や林が、その中央を走る細い川を挟んで両側に広がっており、その広がりの行き着くところは山壁の青緑と融合して、微妙に変化する玉虫色を生み出していた。川の流れが、日の光を反射してキラキラと光るたびに、その小さな谷全体が息づいているような印象を受け、恒介はわけもなく嬉しくなった。

谷に着いたのは夕暮れに近かった。

田の畦道か本道か区別のつかないような道を川に沿って歩いていると、向かいから一人の年とった百姓がやって来た。軽く会釈して一旦すれ違ってからしばらくすると、その百姓が引き返してきた。

「もし、あんた……あんたさんは浅井の若旦那じゃあねえのかの」

「恒介です」

「死んだとばかり思っていたのに、ほー、生きておいでじゃったか」

百姓は恒介の頭から足まで何度も眺め回したあと、ふと遠くを見るように目を細めて云った。

「この村もこのところすっかり変わりました。ねずみの忠兵衛さんがいらしたころはよかったがな」

「ねずみ？」

「あんたさんのお父上ですわ。ちょろちょろとあちこち歩き回る忠兵衛さんのあだ名を忘れてしまわれたかの」

「私は大分前に記憶を失った。だから、昔のことはわからない。このあたりに私の家があったのですか」

「へい。今でもちゃんとありますです。この道をまっすぐ行くと、橋があります。その橋を渡って右岸を更に川に沿って行きますと次の橋が見えてきますで、その半丁ほど手前を右に曲がってしばらく行くと、大きな竹林にぶつかります。その竹林の奥にある家が、そうでございます」

「誰か住んでいるか」

「いえ……。ご両親様が亡くなられたのも御存知ねえでございますか？」

「それは聞いた」

「お宅には誰も住んではいねえですが、近くの唖の娘っ子が、毎日掃除をして、きれいにしております」

「六年もの間？」

「へい」

恒介は礼を云って歩き出した。老人は首にかけていた手拭いを取って手に持つと、深くお辞儀をしたあと、いつまでも恒介のあとを見送っていた。

川に沿って歩いているうちに、この谷の緑のみずみずしさは春の田畑のせいばかりではなく、あちこちに茂る竹林の色が映えているためだということがわかってきた。

橋を渡りきったところで、目鼻立ちのはっきりした一人の若者と出会った。その若者は恒介を見ると、化け物でも見るように、大きく目を見開いて立ち止まった。

「恒介……か?」

「そうだ」

「……生きていたのか」

「友達か」

「五郎だ。庄屋の息子だ。もう忘れたか?」

「記憶を失った。悪く思うな」

五郎は黙って、恒介を穴のあくほど見つめていた。

「あとで来てくれるか。まず家に行くつもりだ」

あっけにとられていた五郎はただ頷いて、恒介を見送った。

しばらくすると、大きな竹林が見えてきた。

数限りない青々とした茎の上に、やさしく覆いかぶさる葉の美しさが、たまらない懐かしさで恒介の心を打ち、しばらくは息がつけないほどであった。

竹藪の中には、人が踏み固めてできたような小径がいくつかあった。

その中の一つを選んで入って行くと、サワサワと笹の音が快く耳を撫でた。

……チュン、チュン、スズメのお宿は……。

突然、恒介の頭の中に、そんな唄が響いてきた。——確かに幼いころの想い出だ。記憶が戻ってきたのかも知れないと、思わず胸を躍らせたが、そのあとが続かない。

——やはり駄目だ。

……チュン、チュン、スズメ、スズメのお宿は……。

——雀の宿がこの奥にあるのかな。

肌寒いほどひんやりした、しかし心地よい竹林の中をゆっくりと進んで行くと、なるほど、雀のさえずりが聞こえた。

そのとき、笹の落ち葉を踏む足音がして、さえずりの音がかき消された。そして、藪の中に突如、一人の天女が姿を現した。

——かぐや姫……。

恒介は立ちすくんで息を呑んだ。竹林の中を歩いていたらしい、目も覚めるばかりに美しい女性が、恒介を見て、びっくりしたように立ち止まった。

釘付けされたように立っていたのは恒介だけではなかった。かぐや姫は亡霊でも見ているかのように恒介を凝視していた。

「恒介……様?」

しばらくして、かぐや姫の形のいい口が動いた。

「……はい」

「生きていらしたのね」

その目が瞬く間にうるみ出し、頬に紅がさすと、女は今にも彼の胸に飛び込んで来そうな気配を見せた。が、その表情はたちまち消えて、代わりに、敵意にも似た光がその美しい目に漂った。

「私のことは、もうお忘れになったのでしょう」

「は、いえ、はい。……記憶をみんな失いました」

「記憶をみんな……?」

「はい」

「そう……。私は絹。香川絹」

「わ……私は恒介、浅井恒介」

「わかっていますわ。私は記憶を失ってはいないのですもの」

そう云って絹は笑った。白い歯が見えて、キラキラ光る黒い大きな目が心持ち細くなると、かぐや姫が少しばかり人間らしくなった。

絹は笑ったが、恒介はますます身をこわばらせた。かぐや姫の美しさのせいだった。

「……か、かぐ、いや、絹さんは、私と友達でしたか？」

「そう。幼いころからよく一緒に遊びました」

――こんなきれいな人と遊んだなんて、俺はよほどの果報者だったのだ。

「これから、こちらでお住いになりますの？」

「え？　はい、いいえ。さあ、わかりません」

絹は小径に出て来て、彼に近づいた。ほのかに香る女の匂いに刺激されて、恒介は軽い目眩を感じた。

「嬉しゅうございますわ。お目にかかれて」

しっとりと濡れたような瞳が彼に向けられたとき、恒介は呟いた。

――俺が幽霊なら、この人は妖怪だ。

そしてそのとき、目の前の妖怪を抱きしめたい激しい衝動にかられて彼はあわてた。

――落ち着け恒介。さて、どうしたものかな。

恒介は目を閉じたり開けたりして、でくの坊みたいに立っていた。

「お変わりになりませんのね、恒介様は。……では後ほど」

絹の燃えるような眼差しに再び厳しさが戻ってきたかと思うと、かぐや姫はたちまち身をひるがえして、竹薮の中に消えていった。

「あの……また会えますか……」

少し遅すぎた。絹の姿は消えていた。

――ふうーっ。それにしても、雀のお宿とかぐや姫は、どんな繋がりがあるのだろう。それとも今、俺は夢を見ているのかな。

恒介は鼻を二、三度ひねくると、高鳴る胸をもてあましながら小径を進んで行った。

竹林を出ると、そこは広い庭になっていて、その奥にかなり大きな藁葺き家があった。家は四方を竹林に囲まれていて、まさに、藪の中の一軒家であった。

――夏は、蚊の猛襲を受けそうなところだな。

家に接した大きな馬屋が左側に、蔵のようなものが右の後ろにある、ごく普通の家だったが雨戸が閉まっているせいか、ひどく侘しく見えた。

――ここが俺の家か。

しばらく家の前に立ってながめていると、馬屋の入り口の横に、鍛冶屋で見られるような鉄床や、鉄を流し込む鋳型のすっかり錆びたものが転がっているのが目についた。

扉には鍵がかかっていなかった。恒介はまず、その馬屋に入って行った。馬屋というのは見かけだけで、そこに家畜が住んだことのないことは、部屋の匂いでわかった。

土間の三割ぐらいを占めた広い机が左の壁に接して置かれていて、その上に様々な機具類が、ところ狭しと乗っていた。それは、風変わりな農機具、見たこともないような鍬や鶴嘴《つるはし》、琵琶に似た楽器、珍奇なふいご、ややこしい錠前と鍵、蝋燭《ろうそく》の作りかけ、などだった。

机の下には、大小の石や岩のかけらが、無数に積まれていた。

——趣味の多い人だな。父の仕事部屋だろう。彼は医者だったと茂平は云っていたが……。

周りの壁には数十冊の書籍が並んでいた。その中のいく冊かを手にとって頁をめくってみると、医学に関するもの、地学、工学、機械学などの外に、わけのわからないものが大分あった。父がこれらの本で蘭学を勉強していたことは、明らかであった。

次の棚に目を移したとき、恒介はふと微笑んだ。そこには木で作られた、小さいが、かなり精巧な帆船が二つ並んでいた。

——これは間違いなく、俺の作品だ。

模型の一つを手に取ろうとしたとき、その下の段に丸めて置いてあった紙が落ちた。拾って広げてみると、それは彼が作成した船の図面のようであった。よく見ると、至るところに手直しが入っている。そしてその手直しの字が自分のものでないことに気がついた。

——図面を作成することを教えてくれたのは父だったのか。

日本人がこうした図法を用いるようになったのはそんなに昔のことではなかった。だから、彼が船の設計図を作成する能力を持っていたということは、ある意味では驚くべきことなのであったが、今、恒介はそれが父の教えによるものであったことを知ったのだった。

船や図面を元の位置に置いて、恒介は馬屋を出た。

母家に入ろうとした彼は、びっくりして周りを見廻した。さっきまで閉まっていた家の戸が開いているし、雨戸も皆開けられているのだ。

誰かの足音を聞いたような気がして振り向くと、左の竹林の中に吸い込まれるように入って行く一人の女性の後ろ姿が見えた。

——二人目の妖怪だ。

そう呟きながら家に入っていくと、座敷のいくつかに灯りが燈されていた。

恒介は一部屋一部屋とゆっくり見て廻ったが、きれいに片付けられたどの部屋にも見覚えはなかった。それから恒介は縁側に出て座り込むと、ぼんやりと竹林を眺めた。

——チュン、チュン、スズメのお宿は……何だったかな……。

しばらくすると先ほど橋のたもとで出会った五郎が四人の若者を連れて来た。

「よくぞ生きていてくれたな恒介。俺は徳だ。お前とは小さいころからの遊び友達だ」

「俺は辰次。同じだ」

「俺は辰の兄、長太だ。本当に覚えてないのか」

「俺は松吉」

恒介は頭を下げて挨拶をした。

「ところで恒介、これからここで住むつもりか」五郎が聞いた。

「まだ決めていないけれど、家があるからしばらくはここに居るかもしれない」

恒介は話しながら、一人一人の顔を注意深く見て、何か思い出せることはないかと内心を探ったが、無駄だった。

白河で恒介がどのようにして生きてきたか、あれからどんな船の模型を造ったかなどを、皆は興味深そうに聞いていたが、やがて恒介が、当時この谷で恒介の身の上に起こったことを聞く段になると、急に皆の口数が少なくなった。

それでも、六年前、数人の盗賊が家を襲い、彼の両親が殺され、恒介は園と一緒に後ろの山へ逃げたが、崖から落ちたこと、茂平が恒介を葬ったと云ったから、皆、彼が死んだものだと思っていたこと、園の命は助かったが、頭がおかしくなり、そのうち口も利けなくなってしまったということ、子供は七歳になったということがわかった。

「子供？　何だそれは。誰の子供のことだ」

「園と……」

皆はきまり悪そうに、お互いの顔を見てためらった。

「園と誰の子だ」

「…………」

「俺の子か？」

「まあそういうことだ」

「俺には妻がいるのか?」

「いや……」

雰囲気が何となくまずくなってきたせいか、若者たちは腰を上げた。

「長旅で疲れているだろう。今日はゆっくり休め。これからは毎日でも会える。我々にできることがあったら何でも云ってくれ」

皆が引き上げたあと、恒介は呟いた。

「園……子供……」

急に疲れを感じた恒介は、寝ることに決め、奥の部屋に燈されていた灯りを消しに行くつもりで立ち上がったが、部屋まで来て驚いた。

黒光りする折敷《おしき》の上に、美しく配置された食事が用意してあり、襖を隔てた隣の部屋には、床が取ってあった。

——さっきの妖怪だな。

恒介は膳の前に座ってぺこんとお辞儀をすると、早速食事にかかった。

そのあと、「おいしゅうございました。お世話様でした」と云うと、さっさと布団の中にもぐりこんで、眠ってしまった。

翌朝早く目が覚めて縁側に出てきた恒介の目に、さわやかな竹林の緑が快く飛び込んできた。一瞬、遠い記憶の一部に触れたような気がしたが、瞬く間にその感覚は消えてしまった。繊細で、どこまでもやさしい竹の美しさに見とれていると、彼の目の前を竹とんぼがスイと飛んでいった。それに続いてもう一つ、そしてまた一つ、全部で五つの竹とんぼが庭を横切っていき、最後に子供の走る足音が聞こえた。

恒介が動かずにそれを見ていると、走ってきた男の子が彼を見て立ち止まった。

「おじさん、この家の人？」

「そうだ」

「おいら、三太っていうんだ」

「年はいくつだ？」

「七歳」

——ふむ、こいつかな、俺の子というのは。

恒介はその丸い顔をじっと眺めた。

「みんなが、ここのおじさんは死んだって云っていたよ」

「ふーん。誰だって間違うことはあるさ。竹とんぼは自分で作ったのか」

「勿論だよ。随分高く飛ぶだろう？」

「うん、たいしたものだ。坊はどこに住んでいるんだ？」

「こっちのほう。すぐ近くだよ」

三太は左のほうを指差しながら、飛んでいった竹とんぼを、右のほうに拾いに行った。

「おじさんはどこに行っていたの？」

子供は戻って来ると、竹とんぼを縁の上に置いて云った。

「白河という遠いところさ」

「そこで何をしていたの？」

「船を設計して、剣の修行をしていた」

「船？」

子供の目が輝き出した。

「おじさんは船を造る人？」

「造りたいけれど、まだだ。海はここから遠いか？」

「ううん、三里ほど仙川に沿って行くと、海があるって聞いたよ。ねえ、いつ船を造るの？　お願いだから、おいらにも手伝わせて。何でもするから。お願い」

「造るときが来たら手伝わせてやる」

「約束だよ」

「約束だ」

「わあーい」

子供は飛び上がって喜んだ。

「その代わり、少し聞きたいことがある」

「何だい」

「おじさんはね、頭を強く打ったらしくて、昔のことをすっかり忘れてしまった。子供の歌や、お伽噺《とぎばなし》ですら思い出せないんだよ。それで、雀のお宿っていうのが何だかわからない。説明してくれないか」

「ああ、それはきっと舌切り雀の物語のことだよ。お爺さんがかわいがっていた雀の舌を、意地悪婆さんが切る話で……」

「何だそれは。雀に舌があるのか」

「うん。なければ切れないだろ」

「小さいから切るのは大変だろうな」

「……おじさん、話を聞きたかったら、少し黙っていてくれないかな」

「悪かった。続けてくれ」

三太は物語を要領よく、かいつまんで話してくれた。

「そうか。雀のお宿は竹林の中だったのか」

「うん。ここみたいにね」

「大きなつづらに小さなつづらか。それからもう一つ、かぐや姫というのは何だ」

「ああ、それは竹取物語の中に出てくるきれいなお姫様のことさ」

三太は、今度は少し言葉に詰まりながら語ったが、聞き終わると、恒介は首をかしげた。

「月の世界の者で、月に帰る者が、何で地上の竹藪まで降りて来て生まれなきゃならないのだ。おかしな話だ」

「おいらが悪いんじゃあないよ。物語はそうなんだから。きっと月から落ちてきたんだよ」

「落ちた？」

「うん」

「そうか、考えられんこともないな」

「きっとそうだよ、月のかけらさえ落ちてくるもの」

「月のかけら？」

「うん。おいら、大事に隠して取って置いてあるんだけど、三つもあるんだ。あとで見せてあげるよ」

「ふーん」

恒介は三太の顔を、まじまじと見つめた。そのとき、家の中から美味《うま》そうな味噌汁の匂いがしてきた。

「三太、朝飯は食ったか」

「うん」

「じゃあ、あとでな」

恒介は犬のように鼻を鳴らしながら、部屋に入って行った。味噌汁の匂いを辿ってゆくと、今度は床の間のある座敷に、食事がしつらえてあった。

――つづらは無いけれど、ここは風流な家だな。

そう独りごちながら、彼は膳の上にあったものを、またたく間にきれいに平らげてしまった。

食事が済むと、恒介は家の裏口から外に出てみた。戸口の傍には井戸があり、そこに真新しい手拭いが掛かっていて、水が汲んで置いてあるのを見たとき、「まだ、お顔を洗っていらっしゃいませんよ」という字をそこに見たような気がして、恒介は頭を掻いた。

洗顔を済ませて顔を上げると、左手のほうに墓が見えた。近づいてみると、そこには、両親と恒介の墓石が立っていて、新しい花が飾ってあった。

両親の墓石の前で両手を合わせ、恒介は時の経つのを忘れた。

やがて彼は墓を離れ、右手のほうにある蔵《くら》に行ってみた。錠前は壊されていたから、観音開きの扉は押すだけで難なく開いた。薄暗い蔵の中は殆ど空だった。当時は米や麦が貯蔵されていたらしく、二、三の米袋のようなものの下には米殻が散らばっていた。春夏秋冬の家族の着物が少し、木の箱に入れられて上下の段に置かれているほかは、たいした物はなかった。

壁には、鍬だの鶴嘴だの、釣竿、竹竿などが立てかけてあったが、それらは使ってくれる人のいない淋しさを、白くかかった蜘蛛の巣の後ろで、そっと告白しているようだった。

彼はその中に一本の木剣を見つけ出して手に取ると、表の庭に出て素振りを始めた。

そのとき、蔵の横のほうで人の忍び歩く気配がした。

素振りを止めないで、その動きを窺っていると、しばらくしてその足音は遠ざかっていった。

そのとき、左の藪の中から、両手に野菜を抱えた一人の女が現れ、恒介を見ると、はっとして、深く頭を下げた。

「……お園さんか」

女は何も云わずに俯いたまま頷いた。

「……私は記憶を失って、昔のことがわからなくなってしまった……。お園さん、教えてくれ。……貴女と私は契り合った仲なのか?」

園は顔を上げて恒介を見ると、泣くような、まるで祈るような表情で、激しくかぶりを横に振った。

「……つまり、私たちは愛人関係にあったのでは……」

今度は前よりも強く首が振られた。

「そうか。もういい。それよりも、長い間家を守っていてくれてありがとう。食事もありがとう。私はしばらくここにいるかもしれない。このまま続けてくれるか」

園は首を縦に何度も振った。嬉しそうなその目には、涙が光っていた。

恒介は入用の銭を、強く辞退する園に渡して云った。

「三太と一緒に私の家に来て住まないか」

園は再び頭を横に振った。

「ふむ。……好きなようにしていいぞ」

女は深く、深く頭を下げた。

利口そうな目と、厚めの小さい唇が印象的だった。とりたてて美しいとは云えないかもしれなかったが、その繊細で慎ましい、信頼せずにはいられないような人間的な雰囲気が恒介の心を強く捉えた。

――まったく悪くないぞ。子供をつくっていながら、なぜ俺は彼女を娶らなかったのだろう。素晴らしい女なのに……。ふむ。何だか、園はお宿の舌切り雀みたいだな。

そう思いながら、恒介は目を閉じて、土蔵の陰でまたしても彼の様子を窺っている人物の数をかぞえていた。

――三人か。


その日の午後、恒介は馬屋に行って、机の上にあるがらくたを一つひとつ調べてみた。

それらはすべて父の発明品であり、発掘品であるに違いなかった。割られて机の下に積み上げられた岩石の中には、内部が透明なもの、紫色や青、銀色のきれいな光を見せているものがあった。岩石にへばりついた白い塊を舐めてみた彼は、父がひょっとすると岩塩さえ見つけ出していたのではないかとも推測した。

――そうだとしたら、とても重要な発見になっていたのかもしれないな。

恒介は一通り見て廻ったあと、持ってきた図面を机の上に広げた。

――ここだと、いい仕事ができるかもしれない。

だが、なぜか落ち着かなくて、その日は仕事にならなかった。

少し散歩をしようと思って馬屋を出ようとしたとき、三太がやって来た。そして声をひそめて云った。

「おじさん、月のかけらを見せて上げる。ほら」

恒介は三太を馬屋に招き入れて、その手の中のものを見た。金の小粒が三個光っていた。

「どこで手に入れた？」

「どこかのおじさんに貰った」

「誰だ？」

「知らないよ」

「知らない人がくれるのか？」

「うん」

「どんな顔をしていた？」

「どんなって？」

「目が大きいとか、髭もじゃだとか、年寄りだとか」

「えーと、おじさんぐらいの年の人で、普通の顔をしていたよ」

「普通の顔ね……」

「こういうふうに、いつも目をしばしばさせていたよ」

――目をしばたく？　……待てよ、そんな男に最近会ったことがある。……そうだ、何と云ったかな、……成――成次郎だ。あの酔いどれだ。河原に寝ていた男だ。

「三太、これは大きくなるまで誰にも見せるな、わかったな」

「うん」

「さあ、どこかに隠せ。そんなことは誰より得意だろう？」

「きまってらあ」

三太は走って出て行った。


夕方になると、村で最初に会った百姓を先頭に、村の者が、手に手に酒やつまみを持ってやって来た。全部で二十人ぐらいはいた。恒介より若い者、年をとった者と、様々だった。

「恒介さんの帰還祝いだ。おおいに飲もう」

非常に若い者を除いた殆どの村人は、懐かしそうに忠兵衛のことを語った。

病気を治してもらったことや、農機具を使いやすいように改造してもらったこと、稲や野菜に付く害虫退治の自然な方法を教えてもらったこと、日照りが続いたときに、仙川の水を田畑に引く簡単な方法を発明してもらったことなどを話すのを見ていると、如何に父が村人と親しく交わり、皆にありがたがられていたかがわかった。

恒介は酌をしながら、嬉しそうに話を聞いた。皆の呂律が回らなくなってきたところで、たった一人、酒に手をつけないで話ばかりしていた老人をつかまえて、彼は陽気に云った。

「ここで当時、金が採れたと聞いたが本当かな」

老人は、一瞬ひるんだようだったが、恒介の屈託のない顔に安心したのか、やや声を落として云った。

「採れましたわ。そりゃあ大した騒ぎじゃったで。たちまち掘り尽くされてしもうて残念じゃったがの」

「うちの親父も掘ったか」

「何を云われる。掘り当てたのは、あんたの親父さんじゃ。そんで、香川酒造の万太郎さんと組んで、面白半分に採掘を始めなさったんじゃ。初めは冗談のつもりでね。ところが金は次々と出てきましてのう。それがたちまち噂になって、金を探そうとする者があちこちからやって来た。じゃが、金はどこからでも出て来るというわけじゃあない。忠兵衛さんの頭と感がなきゃあ見つからん。そんなわけで、皆、忠兵衛さんの掘った金鉱の坑内で働かせてもらうようになったのですわ。

ところが、しばらくして、忠さんの親友の万太郎さんが心臓の発作を起して死んでしもうた。

もっとも万太郎さんは元から心臓と肝臓が弱かったくせに、忠さんの云うことも聞かずに飲んでばかりいましたでの。

続いて金鉱で働いていた者のうち二人が坑内の土砂崩れで死んだ。すると忠さんは金に興味を失って、あっさり、採掘を止めてしまいなすった。

外から来た働き手たちは、その後、自分たちだけで仕事を続けていたが、たいしたものは見つからなくて、間もなく皆、それぞれの国に帰ってしもうたですわ。

それから間もなくじゃ。忠兵衛さん夫婦が何者かに殺されたのは……。あんたさんは、お園と一緒に裏山に逃げたらしいが、二人とも賊に崖から突き落とされたということじゃった。金じゃ。金が目当てだったに違いない。

金など採掘すると、ろくなことはないで……。あのときはいやなことばかり続きましたわい。万太郎さんが死に、忠さん夫妻が殺され、あんたさんも死んだというし、お園は命は何とか助かったものの、頭がおかしくなったあげく、ものが云えなくなってしまうし、おまけにそのころ、庄屋の宗吉さんも死んでしもうて……」

そのとき、庭に恒介と同じ年ごろの、色白の男が現れた。

「恒介、しばらくだったな。今、玉井から帰って来たところだ。お前が生きていたと聞いてびっくりしたぞ。なぜ便りをしてくれなかったのだ」

「恒介は記憶を失ったんだ」誰かが云った。

「記憶を失った？　じゃあ俺のことも忘れたのか？」恒介は黙ってうなずいた。

「俺だよ。桂一郎だよ」

「俺の友達だったのか」

「そうだ。こんな仲良しを本当に思い出せないのか？」

恒介は桂一郎の顔を見ながら、悲しそうに首を振った。

「俺は香川酒造の長男だ。お前は妹の絹に想いを寄せていたではないか。それに、弟の成次郎とお前は、切っても切れない親友だったことも忘れたか」

桂一郎が上がりこむと、それまで賑やかだった座が急に静かになって、皆、おとなしく神妙に酒を酌み交わすだけになった。さっきのじいさんはいつの間にか、いなくなってしまっていた。

桂一郎は、昔一緒にやった悪戯や果たし合いのことについて話した。

「俺が武蔵でお前が小次郎だった」

「勿論小次郎は切られただろう」

「お前は負けもしないのにいつも切られた真似をする厭な奴だったぜ」

「そうか」恒介は苦笑した。

そのとき「ヒヒヒヒ」という声が聞こえて、頭ばかりばかに大きくて体の小さい、白痴のような小男が縁から覗き込んで、大きな前歯を見せ、ニタニタ笑っているのが目に入った。

「あっちに行け。シッシッ、うろうろしていると殴るぞ」

桂一郎が怒鳴ると、小男はニタニタしたままで顔を引っ込めた。

「お前の親父さんがかわいがっていた、うすのろの権《ごん》だ。死んだ庄屋がどこからか拾ってきて育てていた」

「誰が彼の面倒を見ているのだ。五郎か」

「いや、園が面倒を見ているらしい。庄屋が死んでから、権は庄屋の家に寄り付かなくなった」

「園は何で食っている？」

「食っているかどうか知らぬが、小さな田畑がある。頭のおかしいのが二人そろっているから、あまり年貢も取り立てに来ないようだし、誰かが援助をしているのかもしれないさ」

「子供がいるな」

「ああ」

「俺の子らしい」

「引き取ればいい」

桂一郎は興味なさそうに云った。

「ところで、お前、ここで何をするのだ。まさか百姓をするわけでもあるまい。仕事はあるのか」

「いや。だが、どこかの港の造船所ででも使ってもらうつもりだ」

「そうか。船は小さいころから、お前の夢だったからな。小室でか」

「何だ、その小室というのは」

「ああそうだったな。この仙川を西に下って三里ほど行くと、小室という漁師町がある。その先のほうで船を造っている。もっとも、漁船だけれど。お前は以前、よく一人でそこに行っていた」

「そうか。早速行ってみよう」

「家に来ないか。絹はお前が死んだものと思って嫁いだが、構わぬさ。遊びに来い」

そのうちにと云いながら、恒介は竹薮のほうに目を向けた。


皆が引き上げたあと、恒介は縁先に座って、一人で飲み直した。

すると、権が踊るような格好で再び現れて、庭の真ん中に黙って立った。

「権、一緒に飲むか」

権は頭を横に振った。

「ここに来い」

権は近づくと、縁に腰を掛け、足をブラブラさせながら、恒介を眺めた。

「コウスケ」

「ふむ、そうだ。だけど、恒介は頭を打ったから、お前のことも忘れた」

「コウスケ」

権は懐の中から小さな木の船を取り出してニッコリと笑った。

「フネ。ゴンノフネ」

そして大事そうにそれをまた懐の中に入れた。

「また造ってやる」

「ヒヒヒヒ、ヒヒ」

権の頭が嬉しそうに上下に動いたとき、家の後ろのほうで小さな音がした。

権はびっくりしたように地面に飛び下りると縁の下に屈み込んだ。そして大きな目をむき出すように、顔を恒介のほうに突き出して声をひそめて云った。

「ショウヤノツヅラ。ショウヤノツヅラ。ダマッテロ」

そして怯えたように、左の藪の中に走り込んだ。

「変な奴だ」

恒介は部屋に入って行った。


翌日恒介は、笹生の谷を散歩した。田畑で仕事をしている人が、恒介を見ると、頭にかけた手拭いや笠を取って挨拶をした。恒介がときどき立ち止まって百姓と言葉を交わしていると、彼の幼友達が、「やあ、散歩か」と元気な声をかけて通りかかった。同じようなことが三、四回起こった。そのたびに百姓たちは、取った手拭いを頭に戻して急に黙ってしまい、仕事を続けた。通りかかるのは辰次であったり、五郎であったり、徳であったりした。

——監視だな。

恒介は構わず笹生谷中を歩き廻った。監視は至るところにいた。

夕方になって、藍岳の北に面したふもとの壁に、人の手によって掘られたと見られる洞穴が二つ見つかった。入り口には、数枚の板が打ち付けてあって、誰も入れないようにしてあり、「立ち入り禁止」「危険」の札が何枚も貼り付けてあった。周りには、当時、千金を夢見てやって来た人足たちが寝起きしたと思われる粗末な小屋が点在していて、まだすっかり壊れてしまっていないものは、現在、百姓たちの耕具入れに使われているようだった。

川から引かれた水が、毀れた樋の上を相変わらずチョロチョロと流れているのが何ともいえず侘しく目に映ってきた。

――これが問題の金鉱か。

そこを離れて、家に向かうところには、監視の者も百姓の姿も見えなかった。家に続く笹薮の小径をゆっくりと歩いていると、再び、絹の後ろ姿を竹の合間に見た。

――こんなところで何をしているのだろう。

恒介はそれから何度か絹を見かけた。大抵は最初に見たときと同じ場所にいた。おかしなことに、二人の目が合っても、絹はもう微笑むことがなかった。微笑むことも近づくこともなかったが、あのときに見た厳しさや敵意のようなものも見えなかった。燃えるような美しい瞳はキラキラと輝いていたが、その後ろにどんな感情や考えが潜んでいるのかを推し量ることのできない、不思議な眼差しでじっと恒介を見つめると、すぐに姿を消した。

そのたびに恒介は身体中がしびれたようになって、突っ立っていた。

数日して、恒介は小室へ行った。夜釣りが多いせいか、昼の岸壁にはいくつもの船が停泊していた。その船を、一つひとつ時間をかけてじっくり眺めながら、造船所のあるほうへ向かった。

その日から、恒介は、笹生谷と小室町を頻繁に往復するようになった。十日も二十日も笹生谷を留守にすることも稀ではなかった。そのうちときどき、三太を伴って行くようになった。

恒介が笹生谷に戻るたびに、村の連中は酒を持ってやって来た。ときどき、彼の幼友達だったという娘たちまでついて来た。

「こいつはな、小さいころから恒介の嫁になるんだって村中に触れて回っていたおきゃんじゃった」

友吉という男が、三重という娘を指差して云った。

「やめて、兄さん」

三重はふっくらとした頬を染めて袖の中に顔を隠した。

「裏切り者さ。もう二人も子供がいるで」

「だって、恒介様はなくなられたって……」

そこまで云って更に赤くなると、三重は腹を決めたように告白した。

「あのとき、私は来る日も来る月も泣いて、泣き暮らしましたわ。本当に。本当です」

「勇治、いいのか、云わせておいて」

「いいよ。本当だもん」

夫も皆と一緒に笑った。恒介は照れて頭を掻いた。

恒介は笹生谷に来てから、いつも誰かに見張られているのを感じていたが、記憶が戻らないかぎり、その理由がわからないことを知っていた。

――平和で美しいばかりのこの笹生谷のどこかで、よくない病害が蔓延《はびこ》っている。なぜだろう。

その夜、ぐっすりと眠り込んでいた恒介は、闇の中で、ガバッと跳ね起きて、彼の上に屈み込んでいた人物を押さえつけた。そのときの恒介の驚きは、一通りのものではなかった。

――女だ。

「お園か？」

そのまま灯りをつけようとした瞬間に、女はするりと恒介の手を抜けて、逃げ出した。

「待て。待つのだ」

闇の中にはもう、誰もいなかった。

まんじりともしないで夜を明かした恒介は、朝になると園の来るのを見張っていた。

園はいつもの時刻に、野菜を入れた籠を抱えてやって来たが、恒介を見ると目を伏せて頭を下げ、逃げるように台所のほうに急いだ。

――わからん……。

それから恒介は、園の姿が見えるたびに、その挙動をじっと注意して眺めた。そうしているうちに、静かな園の中に、今まで気づかなかった美しさと魅力を見出していた。

——あれに参ったのかな。無理もない。我々はこれからどうすべきなのかな……。お園、なぜ俺を避けるのだ。逃げてばかりいないで、何とか云ってくれ……。

翌日、恒介は小室へ向かって家を出た。晴れ渡った空の下の畑では、かなりの人が仕事をしていて、彼を見るたびに「お出かけですか」と挨拶をした。

一里ほど歩くと、じっとりと汗ばんできた。脇で涼しげな音をたてている仙川の清流に惹かれたように、恒介は川へと下りていった。足を冷やすつもりで水際に近寄ったとたんに、石を覆っていた苔の上を滑って、あっという間に水の中に落ちてしまった。そのあたりは土地が傾斜しているために、流れが急になっている。たちまち流れに呑まれて何も見えなくなった。手足をばたばたさせながら上を見ると、太陽の溶けたような鈍い光が水を透して見えた。

——この仙川で誰かが溺れたなんて聞いたこともない。いや、待てよ、昌吉だ。与作の末息子の昌吉が三歳のときに溺れたぞ。つまり溺れることもあるのだ。

流されながら一瞬のうちにそんなことを思った。一層激しくもがいていると、つま先が川底についた。

「ふん、ばかばかしい」

恒介は力を込めて立つと岸に歩いて行き、着物や袴を絞った。そのとき、急に目が回りだして、彼は河原にストンと尻を落として座りこんだ。

そのあたりに竹林があるわけではないのに、なぜか藪の笹音がサワサワと耳をくすぐっていた。頭を垂れてしばらくじっとしていた彼は呟いた。

「このままじゃあ小室には行けないぞ。家に戻るのもいいけれど、こんな格好をみんなに見られるのはきまりが悪いな。そうだ、近道がある。石田の家の前にある竹林の中を斜めに切って天神様の後ろを廻って行けば誰にも見られることはないだろう」

恒介は立ち上がった。それから二、三歩歩き出した彼は、ゆっくりと立ち止まった。

――石田の竹林……。天神様……近道。三歳の昌吉……与作の末息子……。

恒介はそのまま動かず、心の落ち着くのを待った。

やがて恒介は近道を取って、家に引き返した。家の前まで来たとき、権の姿が見えた。

権は馬屋の戸をそっと開けて中を覗きこんだり、音をたてないように閉めたりしていた。

恒介の姿が見えると飛んできて、彼の手を取り、馬屋まで引っ張って行った。そして、そっと戸を開けると、中を指差し、「シーッ」といいながら、人差し指を口に当てた。

「よし。わかった。お前は帰れ」

権がいなくなるのを待って、恒介は馬屋に入っていった。

権の指差したところは正面の壁で、そこに巧妙に隠されていた扉が少し開かれていて、中から低い物音が聞こえてきた。恒介は静かに扉を押して、地下に向かう石の階段を下り、壁の棚に薬草の箱の並んでいる、かなり広い回廊を進んだ。そして、回廊の奥にある部屋の扉を鍵で開けようと苦戦している者の背後に近づいた。

「恒介……」

「桂一郎、待て。無理だ。親父の作った鍵は込み入っているぞ」

その声に飛び上がって桂一郎は振り返った。そして、血の気のひいた白い唇を震わした。

「その鍵の入っていた印籠を絹に盗ませたのはお前か?」

「………」

「何を探しているのだ」

「………」

「これはな、こうして開けるのだ」

恒介はつかつかと歩み寄り、鍵をあやつると、瞬く間に扉を開いた。

「さあ、入れ」

桂一郎は恒介の顔を穴があくように見るだけで、動かなかった。

「さあ、いいから入れ」

恒介は、桂一郎の足元に置いてあった蝋燭を手に取って、奥の部屋を照らした。

中はがらんどうだった。恒介に背中を押されて入った桂一郎は驚きを隠しきれず、混迷していた。

「金を探していたのか。残念だな。うちにはもともと何もなかったのさ」

空っぽの部屋には突き当たりの壁に、黒く光る仏壇だけが忘れられたように立っていた。

「ああ、そういえば、薄い金の板が二枚、あの仏壇に入っているよ。位牌の中にな。金鉱の人足の中から二人の犠牲者が出たとき、親父はこの仏壇を作ったのだ。二人とも身寄りがなかったから、彼らの報酬はそのまま位牌となった。いくら何でも位牌を持って行くほどの勇気はないだろう？さあ出よう。これで納得がいっただろう」

「恒介、お前、記憶は……」

「うん、記憶は戻った。御覧の通り、川に落ちたおかげだ」

恒介は濡れた着物を見せた。そして部屋の鍵を閉めると、桂一郎をそこに置いたまま、さっさと母屋に帰っていった。

濡れた着物を脱いでいると、縁のほうから桂一郎が入って来て座った。そして頭を畳に擦り付けた。

「恒介、謝る。恥ずかしくて、情けなくて、死にたいほどだ。許してくれ」

「俺の両親を殺したのもお前か」

「違う、それは違う。そんなことができるか」

「だろうな」

「信じてくれるのか」

「うん。庄屋も殺していないだろう」

「何だって、庄屋が殺された？　宗吉さんは病気で死んだんじゃあ……」

「なかった」

「誰が、誰が殺したのだ？」

「さあ……」

「なぜ殺したのだ？」

「当時、俺の親父は金の採掘を始めたが間もなく中止した。金鉱の金の存在がそろそろ底をついてきていたからばかりではなく、人足の中に二人の犠牲者が出たからだ。その上、お前の親父が寝付いていて、先が見えていたことも、医者の彼は知っていた。そんなことが原因で、やる気がなくなったのだ。うちの親父には、ほかにやりたいことがいくらでもあったし、金にこだわる必要はなかったのさ。採掘された金は分配された。大半は幕府に取られたが、残りは、万太郎さん、つまりお前の家族に一袋の金、うちの家族に一袋、そして出稼ぎ人足と笹生村の人足それぞれに充分な量の金が割り当てられた。だから苦情の一つもなく、むしろ皆大喜びで、その後おとなしく国へ帰って行ったのだ。残った三袋は笹生谷の村に役立たせるために、庄屋が預かった」

「そうか。その金のために庄屋は殺されたのか」

「そうだろう」

「お前の両親も、その一袋の金のためにやられた……だがそうだとしたら、なぜ俺の家族は無事だったんだ?」

「うちの家族が殺されたのは、金袋が目的ではなかったようだ」

「え?」

「金は盗まれなかったのだ。だからその後、俺を連れて行方をくらました茂平がその金を持っていて、死ぬまでそれで俺を養ってくれた。そして残りは今、俺の手に渡った」

「金が目的でないのならなぜ?……」

「庄屋が金の袋を預かったことを知っていたのは、俺の家族だけだった。父は誰が庄屋を殺めたかを知っていたに違いない。いつも父の傍にいて、医業を手伝っていた園も知っていたのだろう。だから襲われたあの晩、親父は俺に、園を連れて逃げろと叫んだ」

二人は黙り込んだ。めいめいの頭の中を、暗澹とした不快な考えが駆け抜けて行った。

そのとき、縁側で誰かの影が動いた。恒介が立って行って素早く障子を開けると、そこには権が座っていた。

「こら、そんなところで何をしている。あっちにいけ」

桂一郎が怒鳴った。

「そんなにひどく扱うな」

「何で庄屋はあんな奴を拾ってきたんだろう」

「庄屋が拾ってきたのは彼ではない。権は彼の実子だ」

「何?」

桂一郎の口がぽかんと開いた。それから彼は眉を寄せて黙ってしまった。

しばらくして桂一郎は重い口調で云った。

「俺は帰る。……ばかな真似をしたことを一生忘れない。金を使い果たして困っていたとは云え……。恥ずかしい」

「何に使ったのだ。三人兄妹で分けても、あの金はたいしたものだったはずだぞ」

「賭博と玉井にいる女だ」

「女?」

「遊郭の女だ。絹の分も使い込んだ」

「派手にやるな。成次郎のもか?」

「いや、それは俺が手をつける前に、絹がどこかに隠したようだ」

「ときに桂一郎、お前はなぜ、酒造を止めてしまったのだ。万太郎さんの開発した酒が特殊なものだったのを知っているのか」

「ああ」

「なぜだ」

「酒は、俺の好きだった親父を殺したも同然だからさ。それに金が手に入ったからな。だが、こんなに早く使いきれるとは思ってもみなかったのさ」

「成次郎もそうか?」

「あいつは違う。金鉱が開かれたとき、しばらくそこで働いていたのはお前も知っていただろう。だがある日、村の若者たちと大喧嘩をして、金の分け前も貰わずに笹生を出て行った。彼らはいつも、いがみ合っていたからな。犬猿の仲というやつさ」

「理由を知っているか?」

「理由なんかないさ」

「お前は何も知らないんだな。あきれたよ。成次郎はな、群がる男どもから妹を守っていたのだ。絹を奪おうとしていたのは一人や二人ではなかったからな」

「妹を守るため? へえーそうだったのか。ちっとも知らなかったよ」

「ますますあきれるよ。もういい。帰れ。少し頭を冷やすんだ」

桂一郎はすごすごと帰っていった。

しばらく歩いていると、絹が足音もさせないで追いついてきて桂一郎の横に並んだ。

「絹か。お前……聞いていたのか?」

絹は答えず、桂一郎を追い越してどこかへ消えていった。


恒介は小室に行くのを止めたが、気が腐っていた。何ともやるせない思いを振り切るように、彼は外に出て、竹林の小径を歩いた。そして、ふと思いついたように、小径をはずれて、藪の中にどんどん入って行った。

間もなく目的の小屋が見つかった。彼がまだ小さかったころ、大人の助けを借りて、子供たちが作った雀の宿だった。茶室をひとまわり大きくしたくらいの大きさだったが、なかなかしっかりしたものであった。周りが比較的丈の低い竹に覆われているため、簡単には見つけられないようになっている。

太い竹を並べて作られた縁側から、板戸と障子を開けて小屋の中に入ると、懐かしい匂いが鼻を突いた。当時みんなで磨き上げた床板は、昔のものとは模様の違う毛氈で覆われており、その上に、きれいな色の座布団や、小さな机、箱などが並べてあった。机の上の花瓶には、新鮮で可憐な花が生けてあった。

——そうか。絹はいつもここに花を持って来ていたのか。

チュン、チュン、スズメのお宿はここにある……。——楽しかったなあのころは……。絹、園、三重、桂一郎、成次郎、五郎、辰次、徳、長次郎、勇治……。みんないい子ばかりだった。

恒介は小屋の中に長々と寝そべると、両手を頭の下に敷いて、竹の張りめぐらされた天井を見ながら、子供のころの想い出に浸り、夢見ていた。そしてぐるりと体を回してうつ伏せになると苦しそうに喘いだ。

——ここで……ここで俺は初めて絹を抱いた……。

閉じた目の奥に、かぐや姫の乱れた息づかいと黒髪が舞っていた。

長い時間が経って、恒介はやっと起き上がると、脇に置いてあった箱に目を向けた。一つは大きくて、もう一方は小さかった。大小のつづらだった。机の上にあった蝋燭に灯を燈して近づけ、まず小さいつづらを開けてみると、千代紙で折られた鶴だの花などが無数にあって、その下にきれいな色の手玉、いろいろな独楽、竹細工の小物。風車《かざぐるま》、におい袋などが整頓して入れてあった。そして一番下の塗りの箱には恒介の作った木の帆船が一つ入っていた。よく見ると、その甲板の上に、小さな男女の千代紙人形が二つ、貼りつけられていた。恒介は驚いて、その人形にじっと見とれた。

大きいつづらを開けてみると、夥しい量の笹の枯れ葉が詰まっており、その上に、紙を切り抜いて作った蛇、ガマガエル、お化け、百足《むかで》などが乗せてあった。微笑んでそれを見ていた恒介は、ふと、その中に何か光るものを見て、枯葉の中に手を入れて探った。そこには、高価なものに違いない髪飾りや、帯留が、いくつも入れてあった。

――どういうことだろう。

さらに深く手を伸ばすと、何か硬いものに触れた。それは金のいっぱい詰まった小さな袋だった。その袋には、佐川成次郎という上書きがしてあった。

取り出したものを元に戻して、蓋をすると、恒介はしばらくぼんやりとしていたが、すっかり日が暮れたのに気がついて、立ち上がった。

竹林を出て、庭の真ん中あたりまで来たとき、人の走り寄る足音がしたかと思うと、いきなり背後から切りつけてきた。とっさにそれをかわした恒介は、素早く藪に引き返し、相手が自由に刀を使えないように竹と竹の間を逃げ回った。雲が月を隠しており、暗くて何も見えなかったから、落ち葉を踏む音と、息遣いだけがお互いの位置を知る手がかりだった。相手は執拗だった。恒介は逃げながら、足で地面を探り、手ごろな竹の棒を探した。そして、ついに三尺ほどの竹棹を見つけ、それを手にすると、不動の姿勢で、息を殺して待った。

警戒しながら進む足音が充分に近づいたとき、彼は力任せに竹棒を振り下ろした。手ごたえは確かだった。そして相手がひるんだと思った瞬間に、二度目の強烈な一撃を与えた。

短い叫びと、うめきがきこえたかと思うと、闇の男の走り去る足音が笹の枯れ葉を掻き立てていたが、やがて何も聞こえなくなった。

その夜、恒介は遅くなってから、木剣を近くに置いて、床に入った。

うとうとと眠り込んだとき、恒介は顔の上に温かい息吹を感じて、闇の中で目を開けた。あらゆる感覚を麻痺させるような女の甘い香りが漂っていた。

やがて、柔らかい手が彼の襟元から躊躇いながら滑り込んで来て、厚い胸の上に置かれた。

恒介はいきなりその手を掴んで、力いっぱいぐっと引き寄せた。

「絹……」

そしてお互いの息ができなくなるほど激しく抱きしめた。

「恒介様……」

それ以上何も云わなかったが、絹は逃げもしなかったし抵抗もしなかった。

そして、熱い、燃えるような絹の肌は、恒介の激しく強烈な炎の中に溶けていったのだった。

どのくらい経ったのか、絹の身体がそっと恒介を離れようとしていた。

「行くな。絹」

恒介は絹の身体を引き戻した。

「俺と一緒に船に乗って大陸へ行こう。船はもう出来ている。何もかも捨てて、俺について来るのだ」

絹はそれでも恒介の腕を抜けて行った。身づくろいをしている絹の姿が、障子を透して入ってくる淡い月の光の中で幻のように動いていた。

「そんなに大切で好きな人がいるのか」

恒介は起き上がって行灯に灯を点した。

「違います……違いますわ」

美しい目が濡れていた。

「あなたには、お園ちゃんと三太が……」

「園？　そうか……お前までそんなことを信じていたのか。誰だ、誰がそう云ったのだ？」

「………」

「お前を娶った奴だな」

「…………」

「三太は成次郎の子供だ。お前の兄貴と園の子だ。誰が云いふらしたのか、成次郎が村を逃げ出してからは、俺の子にされてしまったらしい。知らなかったのはお前と俺だけだったようだな」

「何ですって……じゃあ、あなたはお園ちゃんに想いを寄せていたのでは……」

「俺が好きだったのは絹だけだ。燃えるような目と、激しい情熱に溢れる性格を持つ絹だけが、昔から大好きだった。今はもっと好きだ」

「私だって……ああ、私だって、あなたのこと死ぬほど好きだった……」

「わかったぞ。どうして絹がいつも俺を避けていたか。俺は、雀の宿のことがあって以来、すっかり嫌われてしまったんだと思っていた。お前はいつも、何を考えているのか、決して誰にも見せないかぐや姫だったからね。それに、俺は昔から、ひどいぼんくらだった」

「そんな……」

絹の蒼白な頬の上を、涙がとめどなく流れていた。

「絹、このまま一緒にいてくれ」

「……遅すぎます」

「遅すぎはしない。二人で海を越えるのだ。俺はお前を奪い返すぞ。放すものか」

絹は泣き崩れた。

「このまま、いてくれるね。二人で遠くに旅発つのだ」

「はい」

二人はお互いの存在を確かめるように狂おしく抱き合った。

深い眠りについたころ、恒介は絹の細い指が自分の唇の上をそっと撫でているのを感じた。薄目を開けてみると、絹は涙のいっぱいたまった目で、じっと彼を見つめていた。恒介はその柔らかな肢体を強く引き寄せて眠りに落ちた。

しかし、恒介が目を覚ましたときには、絹の姿はそこになかった。


絹は泣いていた。激しく咽び泣きながら歩いた。夜明けの薄明かりを避けるように顔を俯けながら、自分の身体に残る恒介の肌の温かさを逃がさぬように、着物の胸元をしっかりと閉じて家路を急いでいた。

「好きです。好きです……恒介様。あなたの造った船に乗って、二人で遠くへ行きたかった。それだけが私の夢だった……」


部屋では夫が気持ちよさそうに眠っていた。絹が近づくと、彼はだるそうに薄目を開けて云った。

「どこに行っていたんだ、こんなに夜遅く」

「あらまだ宵の口ですわ。医者様のところに行ってきました。よく眠れましたか？　あなたの肩の傷に塗る薬と、飲み薬を貰ってきましたわ。もう痛みはないでしょう？」

「痛みはなくなった。ただ、むしょうに眠たいだけだ。それほど心配することはないよ」

「さあこれをもう一度飲んで眠ってください」

「今日はやさしいんだね」

「夫が傷を負っているのに、知らぬ顔はできませんわ」

「じゃあ毎日傷をつくることにしよう」

「いやなことをおっしゃらないで。それより、一体誰に襲われたのでしょうね。かなりの重傷ですわ」

「物盗りだろう。いきなりやられた」

「それで何か盗られましたの」

「いや。刀を抜いたら、びっくりして逃げちまったよ」

「あなた、刀を持っていらしたの」

「たまたまな。運が良かったのさ」

「これが刀の傷でなくて何よりでしたわ。それにしても物騒なこと。この村の者の仕業でしょうか」

「さあ。よそから舞い込んだ者かもしれないさ」

「今夜はあなたのお側で寝てもよろしいかしら」

「嬉しいことを云ってくれるね。随分長いことお前は俺に肌を許してくれなかったのに。やはり、これからはいつも傷をつくるように心掛けよう。本当のことを云うと、お絹は俺のことを嫌っているのだと思っていたよ。買ってやったきれいな着物も着てくれないし、簪《かんざし》も帯留も身につけているのを見たことがないしさ」

「もったいないから、しまい込んでいただけですわ。あなたがそうおっしゃるのなら、これから身につけますわ」

「お絹、俺はな、お前のために何でもしたぞ。どんなことでもな。ただお前のためだ。俺は昔からお前に心底惚れていた。お前を俺意外の誰かに取られることだけは、死んでも許せなかった。わかるか。何もかも、お前を仕合せにするためだけにやってきた」

「はい」

「お絹、玉井に建てた屋敷はそんなに嫌いか」

「好きですわ。豪華で広くて……」

「ならどうしてあの家に住もうとしないのだ」

「あなたが買い占めたこの笹生谷の土地は誰が管理するのですか。それに桂兄さんが……」

「土地の管理は徳に任せる。桂一郎のことは心配するな。銭はいくらでもやる。だから二人だけで玉井に住もう。ね、いいだろう。添い合った仲じゃあないか」

「はい。わかりました。そうします」

「本当か、やっとそう云ってくれたな。嬉しいぞ。ああ、いい気持ちだ。さあ、こっちに寄れ。抱いてやる。何をしているんだ」

「今着物を着替えます。ちょっと待ってくださいな」

絹はそう云いながら、動かず、じっと夫の顔を見ていた。

「さあ、早くこちらへおいで。そのままでいい。さあ、もっと近く……もっと……もっと……」

夫は眠りこんだ。


日が明けるのを待って、恒介は桂一郎の家を訪ねた。

「やあ」桂一郎はきまり悪そうに恒介を迎えた。

「桂一郎、俺は大陸に行く。船が殆ど出来た。船を造るために使った金の残りがここにある。役立ててくれ」

「冗談じゃあない。頼むから昨日のことは、忘れてくれないか。それより聞いてくれ、俺はお前に云われたように、造酒を始めることにした。知識も能力も親父から引き継いでいるんだし、やれそうな気がする。なまくら生活はもう止めだ」

「そうか」

「絹の旦那から銭を貰うのもおしまいにする」

「五郎か」

「ふむ」

「五郎は金持ちか」

「ふむ」

「なぜだ」

「長崎にいる伯父さんからの遺産を五年前に……」

「庄屋にも五郎にも親類はいない。まだわからぬか、五郎は拾われた……」

「わかった。もういい」

桂一郎は痛みを耐えるかのように、うなった。

「絹に合わせてくれ」

「さらっていってくれるか。絹は俺を救うためにあいつと一緒になった。銭のためだ」

「合わせてくれ」

桂一郎は一旦退きさがったが、間もなく恒介を呼びに来た。

「絹はいないが、五郎の様子がおかしい」

恒介は座敷の寝床の中で冷たくなっている五郎を見て顔色を変えた。

「絹、絹はどこだ……」

そして家を飛び出した。

一旦家に帰ってあちこちを捜したあとで、笹生の村を駆け巡った。途中で蒼い顔をして走っている桂一郎とぶつかりそうになったが、彼は首を横に振るだけだった。

不安が膨れ、息が乱れ、恒介は気が狂いそうになってきた。田の畦道に立って息を整えていると、遠くに、自分の家の前にある竹林が目に入った。

「あそこだ！」

竹藪に隠された雀の宿は静かだった。外界のこととは関係が無いように、夢を孕んでひっそりと立っていた。絹はいた。美しい毛氈の上で眠っていた。苦悶の痕などまるでない、静かな眠りだった。

恒介は絹を抱き起こし、気が触れたように叫びながら、その身体をゆさぶった。

「起きろ、目を覚ますのだ。絹！　行ってはいやだ。二人で旅立つのだ。舟に乗って二人で行くのだ、絹！　ひとりで行くな！　そんなはずじゃあなかっただろう！」

そして冷たい身体に抱きついて、叫び、呻き、呪いの言葉を吐き、正体もなく泣き崩れた。

小屋の外では桂一郎が声を抑えて咽んでいた。

絹と五郎の葬儀が済んだ。

その三日後に、恒介は園の家を訪ねた。

「お園、私は支那に渡る。坊と一緒に来るか」

園は頭を深く下げてお辞儀をしたあと、首を横に振った。

「成次郎を待っているのか」

園は頷いた。

「竹林の中にある雀の宿の、大きなつづらの中を見てくれ。純金の詰まった小袋がある。成次郎のものだ。絹が彼のために隠しておいたものだ。あいつが帰ってきたら、三人で私の家に住んでくれ。ここよりはましだろう。そのことを成に一筆して置く。書くものはあるか」

「その必要はございません」

恒介はびっくりして園の顔を見た。静かな微笑みがそこにあった。

「そうか……お園も大した役者だな」

「三太を守るためにはこの方法しかなかったのです。いつも優しくしてくださいましたことのお礼を申し上げられないのが、何よりの苦痛でございました。ご恩は、決して忘れません」

「それはこちらの云うことだ」

「どうぞ、お身体にお気をつけになって、行ってらっしゃいませ。雀のお宿は大小どちらも、お預かりいたします。いつでも帰っておいでになれますように」


急に痩せて目の大きくなった桂一郎や、園、三太、村中からやってきた人たちに別れを告げて、恒介が小室に向かったのは翌日の朝だった。

三太が手を振りながら、しばらくその後を追っていたが、やがて、声を上げて泣き泣き帰っていった。

——泣くな。俺も泣きたいのだ。なぜだか知らぬが、いつの間にか俺は独りぼっちになってしまったんだ。好きな人たちはみんな死んだ。俺だって泣きたいさ。

しばらく歩いていると、後ろでザーザーと奇妙な音がした。

権が小さな笹の枝を引き摺って歩いている音だった。恒介が振り返ると、権は素早く脇の稲の中に姿を隠し、歩き出すと、また笹を引き摺って後をついてきた。そうしていっとき、そんなことを繰り返していた。

「権、俺と一緒に来たいのか」

振り返って呼びかけると、稲の中からひょいと顔が覗いて上下に動いた。

「船に乗って遠くに行くぞ。知らないところに行くのだぞ」

顔は激しく上下に振られて、笑顔ができた。

「よし。来い」

権はピョンピョンはねながら、恒介の先になり後になりながらついて来た。

太陽が照り付けて、身体中が汗でびっしょり濡れてきたが、恒介は川に下りていかなかった。今度すべって落ちたら、せっかく戻って来た記憶を再び失うかもしれないという懸念があったからだった。

ところがふと見ると、権が河原に下り始めている。

「権、待て、すべるぞ」

遅かった。権は流れに呑まれて一旦見えなくなったが、ときどき手や頭や足を、水の中から覗かせながら、川下へと運ばれていった。恒介は駆け出すと、あわてて水に飛び込んだ。ところが今度は足が川底に届かなかった。

——しまった、困ったぞ。

手足をバタバタさせていると、急に流れが緩くなった。水から顔を出して見ると、川は平地にさしかかっていて、少し離れた岸で、ずぶ濡れの権がヘラヘラ笑って彼を見ていた。

——厭な奴だ。

恒介が泳いで岸に近づくと、笹の枝が伸びてきた。

「フン」

恒介は権を睨み付けながら、笹枝につかまって這い上がった。

二人は着物を脱いで絞った後、お互いの裸を見て、腹を抱えて笑った。そして、それから先の道のりは、着物を笹の枝と棒切れの先に引っ掛けて、それぞれに担いで干しながら下帯一つで歩いた。

——記憶は失わなかったようだが、ひょっとしたら失っていたほうがよかったかも知れないな。そうすればつらさも一緒に忘れられただろうに。

恒介の長い間の夢は、小室の港で形を取って完成していた。

真新しい帆船は輝くばかりに美しく、船を手掛けた職人たちは、感無量といった表情で彼を迎えた。誰の顔にも、やったぞ、という誇りが読み取れた。

しかし恒介の心は空ろだった。実現した夢が、今ではただ、虚しかった。

恒介は、それから出帆まで七日の間は、船乗りや、人足、客としての商人たちの選択や船体の最後の仕上げ、そして荷揚げなどに没頭することによって暗い考えを追い払うように努めた。権は船の中を隅から隅まで覗いて廻りながら、奇声を上げて喜んでいた。

七日目の早朝、出帆を目前に控えて恒介は空模様を見ていた。

そのとき、岸壁に沿って走ってくる数人の人が目に入った。何やら叫んでいる。

「恒介、待ってくれ。俺たちも連れていってくれ」

「成次郎……」

それは成次郎と園と三太だった。

恒介は笑った。思わず涙が湧き出てきて、目がかすんだ。

三人が上船するのを待って、彼は感動を隠すように、責める口調で云った。

「雀の宿はどうなるんだ」

「勇治と三重が世話をしてくれる。それに兄貴もな。兄貴は玉井の女を身請けするぞ。一緒になるんだそうだ。もう酒造の準備を始めた。そのための金《きん》を少し、無理やり置いてきた。残りは大陸で仕事を始める場合に使う」

金の入った袋をちらりと見せながら、成次郎は快活に笑った。

「それはそうと、五郎の用心棒は四人とも、どこかに姿を消してしまった。笹生の谷に平和が戻ってきたようだぜ」

風を孕んできた帆を、三太と権が目を輝かせて見ているのに気づいて、三人も顔を上げた。

船は静かに岸を離れていった。

船上の興奮が静まったのは、もう夜遅くになってからだった。皆が寝静まったころ、恒介は甲板に出た。やや風の弱まった海上を、船はゆっくりと進んでいた。波に映っている満月に近い月の光をじっと見ていた恒介は目を閉じた。


遠い日の思い出が、胸を圧しつけるように甦ってきた。

絹は七歳、恒介は九歳だった。二人は仙川に注ぎ込む小川のほとりで、ほかの五、六人の子供たちと一緒に笹舟を作って川に浮かべていた。

「この川のずっと先に海があるんですって。海はとてもとても広いのよ。恒介ちゃんは私のために大きなお船を作ってちょうだい。そして二人で遠くに旅に出ましょう。ね、いいわね。約束して」

黒い髪がさらりと揺れて絹の頬にかかった。

「うん、いいよ」

恒介はその愛くるしい目を眩しそうに見ながら力強く答えた。

絹が生んだその夢は、その日から恒介の夢になった。そして彼の中で日ごとに膨れ、着実に実現されていった。恒介はそのために命を賭けてきたといってもよかった。

そして今、二人の夢も愛も傷ついたのみならず、消えていってしまった。

――何がどう間違ってしまったのだろう……。俺の雀の宿がからっぽになってしまった。絹、お前は月に戻っていってしまったんだな。本当のかぐや姫みたいに……。お前はかぐや姫と同様、美しすぎたんだ。でも俺を置いて、独りで旅立つなんてひどいよ。悲しくてやりきれない。できることなら、もう一度すっかり記憶を失ってしまいたい。こんな俺の苦しみがわかるかい。みじめな恒介が月から見えるかい。見えたら、そのままでいいからどこまでも俺について来てくれ。約束は約束だよ……。


ふと顔を上げると、いつの間に来たのか、成次郎がじっと恒介を見ていた。

「……大丈夫か、元気を出せ」

恒介は、恥ずかしそうに微笑んだ。

「風が少し出てきたようだな。帆の操り方を教えてくれないか」

「うん」

肩を並べた二つの黒い影が甲板の上に伸びて、静かに動き出した。


月は銀色の清らかな光を放っていた。

眞海恭子（しんかい　きょうこ）

1965年武蔵野美術大学洋画科卒業後、
パリのエコール・デ・ボーザールに学ぶ。
以来ドイツで文と絵の仕事を続けている。
著書『捨てられた江戸娘』（2007年、東洋出版）

霧《きり》の音《おと》

二〇〇八年四月一六日　第一刷発行

定価はカバーに表示してあります

著　者　眞海恭子《しんかいきょうこ》

発行者　平谷茂政

発行所　東洋出版株式会社

〒112-0014　東京都文京区関口1-44-4

電話　03-5261-1004（代）

振替　00110-2-175030

http://www.toyo-shuppan.com/

印　刷　日本ハイコム株式会社

製　本　ダンクセキ株式会社

ISBN978-4-8096-7567-6